绝版诗话三集

张建智 张欣 著

复旦大学出版社

《掘金记》初版本
1936年7月由文化生活出版社出版

《邮吻》初版本
1926年12月由开明书店出版

《冰块》毛边初版本

1929年4月由未名社出版

《圣母像前》初版本20开本

1926年12月由上海光华书局出版

《水边》初版本

1944年1月由北平新民印书馆印行

《三十前集》初版本

1945年4月由上海诗领土社出版

《良夜与噩梦》初版本

1929年由北新书局出版

书衣以函套的形式设计，下侧毛边

《汉园集》初版本

1936年3月由商务印书馆出版

《志摩的诗》平装初版本
1925年8月由新月书店出版

《浪花》第3版毛边本
1927年7月由北新书局出版

《落日颂》宣纸线装初版本

1932年11月由新月书店出版

《忆》初版本

1925年由志成印书馆印、朴社出版

目　次

序（孙郁） ……………………………………………… 1

毕奂午与《掘金记》 ……………………………………… 7

邮花背后的秘密
　　——刘大白的《邮吻》 ……………………………… 29

荒原上的歌者：韦丛芜与他的《冰块》 ………………… 47

王独清：让那悲哀迷了我底心 …………………………… 67

若高山流水：诗人废名 …………………………………… 91

让我的诗去航时间的大海吧：诗人路易士 ……………… 111

从"骆驼草三子"说起
　　——石民的《良夜与恶梦》 ………………………… 135

汉园何处说诗心

  ——记汉园三诗人 ………………………… 155

徐志摩：我是如此单独而完整 ………………… 187

人生就是一朵浪花

  ——读C. F. 女士诗集《浪花》 ……………… 211

黄昏的缄默：诗人曹葆华 ……………………… 231

忆罢，忆罢……

  ——俞平伯的儿童诗集《忆》 ………………… 251

序

孙郁

白话诗的出现,是现代文学的一件大事,人的内觉终于从笼子里飞出,不再受士大夫的调子限制,词语保持了活力。因为不同于古人之作,意象与格式都是别样的。这一新形式虽由胡适倡导,但实则是一代人共同努力的结果。以现代人的语言,表达现代人的思想,读起来不隔,有时甚至倍感亲切,这是它的生命力之所在。

一般人读白话诗,希望在陌生的感觉里有一点惊喜,精神有着历险的快意。如果遇见旧岁珍奇的版本,就得了另一层隐含,由读诗而去读人,收获的就不仅仅是审美的花絮,而多了诗与史的互渗,话题也丰富起来。张建智先生是个有心人,他的这本《绝版诗话三集》,从旧的版本说开来,就由诗而人而史,在冷僻的路上觅出诸多遗迹,给我们以阅读的欢欣。作者游于那些很少被注意的文本间,旧岁的尘纱渐渐剥落,文学史被遗漏的人与事,就由远而近,一点点飘来了。

诗人的世界有世俗所没有的灵光，许多有情怀的人，在日常的凡俗里，发现神秘的存在，体验出对于存在的异样的理解。因为在日常逻辑之外，诗人瞭望到的是看不见的存在，自己往往却在苦海中。所以，我们看那些美丽的词语背后的作者的人生，感到空灵与实有的反差，其间的所指，总有非同寻常之处。诗内诗外，那些纠缠人生难题的地方，也是读者喜欢留意的。

民国间有多少诗人，我们不太知道。一些人不幸淹没，文字也散落暗处，时间久了，遂不被人道及。而张建智谈毕奂午、刘大白、韦丛芜、石民等，文学史写得不多，有的甚至未被注意。这些人的最初诗集，背后都折射着时光深处的光点，从介绍中能领略到往日的余痕，知道民国时代知识人的样子。像毕奂午先生，本是很有潜力的诗人，后来却从文坛隐去，其苦楚经历，也像一首凄婉的诗。再比如曹葆华先生，过去仅以为是翻译家，未料也是诗人，且与陈敬容有过难忘的友情。他们的经历对于今天的青年人，也不无警示的意义，看那些苍凉的文字，是深感苦岁寻路的曲折的。

诗人中，能像兰波、里尔克式的人物毕竟太少。文本被后人深记的也毕竟不多。那些普通人的作品，并非没有价值，倘细心看诗人与时代的关系，漂泊于尘世的光和影，对于认识人性与时代，也不无意义。韦丛芜现在已没有多少人知晓了，但回望他在未名社期间的翻译与写作，也轰动过文坛，只是后来滑落到暗地，才华便凋落了。废名的新诗也是好的，涩与怪，灵与思，跳动着一种曲线，婉转里有六朝式的清俊。张建智先生写这些远去的诗人之影，有发现，善理解，也带深思，文字是秋水般的明澈。民国诗人不求闻达的时候，文字都很可爱，在瞭望那些人物时，我们便会知道时风里遗失了什么，内倾的文人何其脆弱。他们花一般凋落后，惟有风还记着些许味道。而诗话家，便成了那不凡的捕风者，在搜寻与体悟中，有意外的收获也是一定的。

这一本书在诗人的形影里，也写出了域外文化投射到中土时的变异。比如关于徐志摩与汉园三诗人，背后都有多致的背景，C.F.女士的翻译，如花雨般落在枯寂的土地。那篇介绍路易士的文字，就有沧桑之色的印染，不仅有审美的力度，还借着张爱玲和马悦然的目光，照出现代诗的幽微。读到战乱里的心灵的游弋，人如何克服内心苦楚，以飘逸的词语寄托爱意，便感到独思者的价值，那些没有沉沦的精神，才留下了岁月之声。今人要听懂它，也并不容易。

许多诗人往矣，而文字还留着温度，那些已经绝版的书，久久睡在安宁的地方，仿佛期待着知音来，倘真的有人为之传播，那也是幸运的吧。诗魂是可以穿越时光，因了阅读而再生的。凝视那些锈色的书本，会隐隐感到未曾经历的路径，吸引我们去叩那深锁的门。张建智先生就是这样的叩门者，他让读者领略到了未曾见的风景。

诗话是一种有趣的文体，史料的钩沉之余，亦带回味之趣，或闲言闲语，或思想探究，于不经意间，有幽情散出，读之益智而又怡情。过去的一些海派与京派文人，喜欢写此类文字，形成很可观的传统。这类文章的好处，是像学者的散步，不必故作高深，本于心性，源于史料，从斑驳的旧影里觅出新曲，是有精神品位的。图书馆见到的诗歌论著和诗评集已经不少，多端着架子，可深读的有限。但诗话写作，则以神遇而得深趣，乃自由的游弋，对于读者来说，更为亲切。然而那些时髦的学者与教授们，多数是写不出类似的文字的。

多年前有过湖州之行，有幸结识了张建智先生。知道他研究民国史，喜谈掌故，趣味带有雅音，是文质彬彬的儒者。读过他一些钩沉史料的文字，觉得内心自有定力，文字是安静的。这大概与湖州的历史有关，那里自古出了不少文人，宋元以来的遗墨，至今依然可以看到一二。湖州的文脉，令人羡慕，明代以来的一些旧迹，对于今天的读书人还是大有影响的。这一本书，让读者也走近了作者，仿佛听到他的谈天，慢条斯理中，余音袅袅。也如站在一幅旧画前，满眼的旧岁片影。大凡衔接了前人文脉者，都不太会迎合时风。凡此中人，都可一叙，或成为朋友。忽想起湖州人赵孟頫所作文字，有从容飘逸之美。倪瓒说他"高情散朗，殆似晋宋间人"，不无道理。古今的文心与诗心，并非隔阂的，每有遇合，都可以记之，藏之。

| 序 |

序言写毕，发建智先生阅，得知这部诗话另一作者是其女儿张欣，一位曾在美国研究复杂性科学与经济物理的工学博士，且已是父女合作的第二部作品，真是难得，当有另一番风景，让读者品之。

2021年9月28日于北京

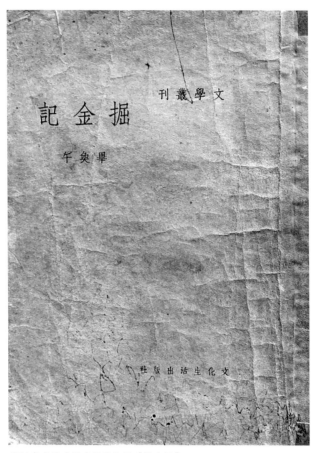

1936年文化生活出版社初版《掘金记》

毕奂午与《掘金记》

一

重读诗人毕奂午的诗集,正是暮春时节。网上传来,武汉大学空荡荡的校园,珞珈山道,没有了学子游人纷扰,只樱花依然灿若云霞,落花空阶前,伊人春无迹。让我想起老诗人生前每到春时,会给老友们群发诗柬,邀请他们一聚,共同赏花,诗柬也写得别致而饶有意趣:

> 这么些天总是风风雨雨,但在雨丝风片中花还是要开了,春天还是要来了。又到了桃花、樱花的时节,又到了我们老人也挤在年轻的人丛中看花的时节。你们哪天来呢?我们每天都在盼望,等候……等候仙子和诗人的降临。

老诗人的家在武大珞珈山二区宿舍,狭小的陋室,诗人却安之若素,与夫人赵岚住了二十多年,以书筑起了精神家园，与历劫的老友相聚，为武大一批批青年学子传道解惑。如候鸟般来了又走的武大学子们，只记得曾经的武汉大学中文系系主任毕奂午是个爽朗憨厚、爱书成痴的老头，却很少了解他年轻时是与艾青、何其芳齐名的诗人，诗作在大江南北广为传诵，激发一代爱国青年的热血。如今再查找毕奂午的资料，却发现老诗人除了早年出版的两部诗集，几乎没有任何文集问世，连零散的报刊文章都稀见。中华人民共和国成立后最早担任湖北省文联、作协领导工作的毕奂午，之后完全成了诗坛、文坛的"失踪者"。这不禁让我好奇，诗人究竟经历了什么，他是否还有留在文学界的微光？

二

毕奂午，原名恒武，后改奂午。曾用笔名毕箓、李福、李庆、鲁牛等。1909年生于河北井陉县贾庄，一个太行山东麓矿区的小山村，村民在解放前世世代代以矿工为生。毕奂午父辈和家庭出身已不可考，零散的资料基本都只写到他的童年是与祖母一起度过的，祖母知书识字，给毕奂午很好的启蒙教育。小小年纪便已能背诵《唐诗三百首》和《古文观止》，祖母给他讲的《聊斋志异》、《封神演义》的故事也给他埋下了文学创作的种子。想来，辛亥革命前的河北山村，大量的妇女受教育程度相当低，这位知书识礼的祖母该是位世家闺秀，由此推测毕奂午家在当地可能也是乡绅书香之家。而贾庄的地方志文献载，毕氏是当地的望族，明嘉靖年间，贾庄毕氏始祖毕扶由井陉七狮窑迁居贾庄村西高埠处建造房屋"毕家台"，至今毕家台依旧在贾庄老街，而毕家累世文脉绵延，出了不少贡生、监生。

毕奂午在贾庄当地的新式小学念书，毕业后考入北京师范学校，这所学校是北京最早的一所师范学校，历史非常悠久，老舍便是这所学校早期的毕业生。毕奂午就读北师时的校长是王西徵先生，他是位卓越的教育家，早年就读于南京东南大学，与陶行知先生一起创办晓庄师范学院。王校长引领下的北京师范学校，文化艺术氛围非常浓厚，师资也多是聘请当时文坛、艺术界和思想界的名师。国文教师于澄宇、高滔，音乐美术教师李苦禅、赵望云、汪采白，让毕奂午受益终身。在北师的六年，使他真正领略到了新文学的魅力，他对文学、音乐、美术产生了浓厚的兴趣，并最终选择了以文学作为一生的志业。特别是，国文课上教师布置的新诗题，让毕奂午开始了诗歌的创作。

1931年毕奂午从北师毕业，但当时的北平局势纷扰，一介文学青年，要谋一职业并非易事，但他也不想回到老家，便在北平逗留。那年正值国立北平图书馆正式开馆，正醉心文学的毕奂午，大部分的时间便泡在图书馆里，因没有收入，他常常靠一个干烧饼和玉米窝头扛过一天。物质极其匮乏，毕奂午的精神世界却无比丰富，他与北师的师长王西徵一起合作，为《世界日报》编辑了文学副刊《慧星》。《世界日报》创办于1925年，由成舍我创办，

1931年"九一八"事变之后,《世界日报》主张抗日,反对国民党当局的不抵抗政策,并精心编辑副刊,发行量一度高达一万多份。毕奂午编辑了二十多期《慧星》,发表了不少传诵一时的新文学作品,并最先发表了苏联诗人马雅可夫斯基的《怎样写诗》的中文译文。这一时期,毕奂午通过办刊、翻译让自身的诗歌创作日渐成熟,而内忧外患的时局,让毕奂午无法只沉浸在纯文学的园地中。现实中底层人民的流离失所、挣扎苦难给他带来极大的触动,他决心用笔刻画人间疾苦,由此奠定了他诗歌创作上现实主义的底色。

在北京逗留了三年后,毕奂午于1934年经过考试,成为天津南开中学的教员。当时的天津南开中学的教员队伍囊括了李尧林(巴金的三哥)、何其芳、高远公(王国维、梁启超的学生)、李苦禅等,毕奂午与他们志趣相投,时常诗文切磋,成为一生的挚友。尽管日本侵华战争的阴云已时刻笼罩华北大地,但1931年至1937年这一段时期,可谓是京派文化圈繁荣期。

这一时期各种高质量的文学副刊汇聚,如巴金与靳以主编的《文学季刊》,卞之琳主编的《水星》,杨振声、沈从文又从吴宓手中接过天津《大公报》的文艺副刊,由萧乾主编,给文学新人开辟了发展的空间。

毕奂午作为诗人也正是在这个时期崭露头角,正式登上文坛。而对毕奂午人生事业影响最大的,是他通过南开中学的同事李尧林得以结识了巴金。一次巴金来南开看望三哥李尧林,恰遇上毕奂午,得知毕奂午正在写新诗,巴金在看了他的几首习作之后，很是欣赏，便鼓励他多多创作。之后毕奂午的第一部诗集《掘金记》（1936）、第二部诗集《雨夕》（1939）均是在巴金的支持下得以出版问世的，说巴金是毕奂午文学上的伯乐和引路人一点不为过。两人从青年时代至耄耋之年，长达近七十年的友谊，也令人十分动容。

晚年时，毕奂午谈起巴金总流露出无比的敬重、感激和怀念，他买到巴金翻译出版的赫尔岑回忆录《往事与随想》，在新书的扉页上，充满感情地写上这样的话："巴金——我的挚友、兄长，我买来他译的书，仿佛见到他一样。我们好多年没有见面，也没有通信，想到的，只是彼此一定还深深地怀念着。"

两部诗集的出版，让年轻的毕奂午成为了诗坛一颗冉冉上升的新星，然而中日战争全面爆发，作为一介书生的毕奂午被日军投入了监狱，并受到了非人的屈辱和摧残，精神肉体遭到极大损伤，甚至一度丧失记忆。现存的资料已无法得知毕奂午入狱的原因和细节，但从他之前的经历来看，毕奂午可能很早就作为一名党员投身地下工作了。

早在北平师范学校求学期间，毕奂午就曾与当时的同学王荣庭（之后成为极负盛名的"西部歌王"王洛宾）一起结伴辗转来到哈尔滨，希望经哈尔滨奔赴红色圣地莫斯科。但由于各种原因，他们未能顺利成行，在哈尔滨流浪了三个月后，仍返回北平。逗留北平，埋首于图书馆的岁月里，毕奂午接纳一位从太行山矿区到北平的好友李威深，李威深原本也是北平师范学校的学生，后因多次反对当局而被开除。李威深便是中华人民共和国成立后担任海军政治部主任的李君彦,他与毕奂午同样来自河北,1933年加入中国共产党,之后长期从事党的地下工作。

毕奂午的第二部诗集《雨夕》出版于1939年,巴金在诗集后记中提到,自上海"八一三"事变以来,完全失去了毕奂午的消息,惦念友人,也为了不让诗人的手稿空驻在黑黑的书架上,便一力促成了诗集的出版。艾青在评价毕奂午诗时也写道:"诗人似乎就一直生活在已经沦陷了的城市里,除了读到他这样痛苦的诗之外,从来没有得到他的消息。"由此可以看出,"八一三"事变后毕奂午可能就被秘密逮捕入狱了,而巴金等一众友人并不知情,至于毕奂午何时出狱的,现有的资料也都难以查证,只知道他在1946年由巴金先生和李健吾先生介绍,由清华大学中文系主任朱自清先生聘请为助教。所以很可能是在1945年日军投降后,毕奂午才被释放。入狱期间,毕奂午完全停止了创作,出狱之后他的文学创作热情锐减,仿佛诗神忽然远离了他,仅有少数诗文发表,而他对狱中经历也没有太多回忆见诸文字。

1948年,毕奂午调赴华中大学任讲师,华中大学是一所教会学校,是华中师范大学的主要前身。翌年毕奂午便晋升为副教授,后又升为教授。解放战争爆发后,毕奂午也跟许多爱国志士一样投身到"反饥饿、反迫害、反内战"的民主风潮中,这期间,他作为大学教员,全力地支持青年学生的民主爱国运动,与当时清华大学、华中大学两校从事地下活动的中共党员学生,保持着极其密切的关系，他的家也成了学生党员地下活动的场所和掩护所。

中华人民共和国成立后，毕奂午先生出席了中华全国文学艺术工作者协会第一次代表大会，并先后担任中南文联、第一届湖北省文联、武汉市文联、湖北省文化局等机构的领导职务。应该说，50年代初，毕先生在湖北文化界地位颇为重要，但之后他却因为一些纯属子虚乌有的原因，被打入另册，调离领导岗位，来到武汉大学成为一名普通教师。

与毕奂午先生自80年代开始有多次接触的文化学者李辉，以及毕先生1978级的硕士生都曾提到，可能因为毕先生作为湖北代表团副团长参加全国文代会时被错误地指认为叛徒，尽管从无证据和结论，但他却从此不再受到尊重和任用。其中的真实原因，已无法还原考证，但在当时的政治氛围下，以毕奂午先生长期从事白区地下工作的经历，被边缘化，被打成右派并不足为奇，毕先生的老友们都有相同的磨难遭遇，有的甚至惨死。"文革"十年，毕先生无法再上讲台，藏书也被抄走，他被下放农场劳动，一直住在武汉东湖旁的牛棚里，真正地变成了一个放牛郎。毕奂午生性豁达乐观，十年牛棚岁月，他还给自己起了个雅号叫"唤牛"，灵感来自他早年在南开中学教书时，中午休息便在门外写上"午睡"二字，谁想给调皮的学生改成"牛睡"。

"文革"结束，毕奂午也得到了平反，重新回到武汉大学，并出任中文系系主任。改革开放之后，经历过新文化运动的一代文人都已两鬓苍苍，历经坎坷磨难的他们深有一种与时间岁月赛跑的紧迫感，他们希望在有生之年，能够把自己所学所思呈现世人、贡献国家社会。他们中有的埋首著书，有的积极办刊，有的大力促进国际学术文化界的交流，而毕奂午则没有再创作更多的作品，除了写下《初出牛棚告白》发表在《诗刊》上，几乎没有其他作品问世。但毕老并没有闲着，他怀着与他同时代知识分子的同样的紧迫感和使命感，从东湖的牛棚搬至武大宿舍，毕奂午把自己全部的精力投入到了教学和科研上。他一人带5名研究生，还时常为中青年教师提供资料、审读论文著作，为慕名求助的文学青年看习作，解答各式各样的问题，真正是有求必应，有问必答，有劳必效，"俯首甘为孺子牛"了。为人修改书稿、引见编辑，甚至寻找工作单位，这些为他人做嫁衣之事，耗费了毕老大量精力，但他却甘之如饴。他自谓不是作家，更不是学者，也不是诗人，只是希望把教师作为毕生志愿："站在讲台上讲课，我是体力不支了。但我可以像珞珈山上的拾柴人，多捡一些枯枝落叶，供中青年教师们烧火煮饭，做出美味佳肴来。"

　　鲜有作品问世，也不愿外出访问交流，只爱守着一方书斋，读自己想读之书，自然使毕奂午在新读者中不免文名寥落，在他2000年逝世后，鲜有纪念或回忆的文字。幸运的是，李辉先生的《先生们》出版问世，其中写到毕奂午先生的一篇，感情极为真挚，读来分外温暖。1980年李辉因老师贾植芳的介绍，结识了毕奂午先生，从此开始了一段长达二十年的老少文人之谊。毕老在珞珈山坡道上为李辉送别，为李辉引见了萧乾并鼓励他写作《萧乾传》，在信中对李辉的工作生活甚至恋爱表达关切,对他所办的副刊中有关星象的文章提出意见,这些细节都为我们还原了那个慈祥、宽厚、热情的老人。

三

我收藏的毕奂午的《掘金记》,是1936年7月上海文化生活出版社初版,是印数甚少的精装本,属于"文学丛刊"系列。"文学丛刊"自1935年底至1949年初,由巴金主编,陆续出版达10集,每集16种,包括小说、散文、诗歌、戏剧和评论,均由上海文化生活出版社出版。可谓是民国期间,出版时间持续最久,内容最丰富广泛,作品思想艺术水平相当高的一套系列丛书。"文学丛刊"在书装上的特点是自始至终都采用一样的32开本,一式的封面设计,素白封面,全无装饰,只印上书名、丛刊名、作者名和出版社,极其朴素,却自有一种简洁大方。

"丛刊"每集16种,每集诗集并不多,仅一种或两种,但被"文学丛刊"选中出版的诗集,往往都成了中国新诗史上的经典,如第一集卞之琳的《鱼目集》、第三集臧克家的《运河》、第四集胡风的《野花与箭》、第五集曹葆华的《无题草》、第六集邹荻帆的《木厂》和王统照的《江南曲》、第十集陈敬容的《盈盈集》等。《掘金记》是"文学丛刊"第二集中唯一的一本诗集,该集另有长短篇小说14种,剧本1种,作者阵容包括靳以、萧军、沙汀、芦焚

（师陀）、荒煤、周文、柏山、蒋牧良、欧阳山、陆蠡、丽尼、悄吟（萧红）、何其芳、巴金和李健吾。其中萧红的《商市街》和何其芳的《画梦录》，都是两位作家的散文处女集，且日后皆成为新文学史上的经典之作，可见主编巴金的敏锐文学品位和扶持新人的独到眼光。

尽管诗人毕奂午和《掘金记》今天已淡出人们的视线，但诗集甫一出版，在当时新诗界可是激起一阵浪花，好评如潮。京派评论家李影心在诗集刚一出版时就在1936年8月30日《大公报·文艺》发表书评给予高度评价："我们缺乏那种气魄浓郁的好诗。两年前诗坛出现了臧克家，我们极感悦快；现在，《掘金记》的作者又重新燃起我们对气魄浓郁好诗的期望。这是光耀灿烂途程的展开。博大雄健与绵密蕴藉同为新诗开拓的广大天地，诗人尽可依据自己禀赋环境，跋涉任一适合自己脚步的路程……我们不大清楚毕奂午先生在《掘金记》外是否另有诗作，不过仅读《掘金记》那一首诗，便可见出这位新进诗人奇拔的气魄，恰是歌唱了诗人自己进展前程的序曲。"

除李影心外，同为诗人的当时以《画梦录》在文坛享有盛名的何其芳，对毕奂午的诗也十分欣赏，1938年他在"成属联中"执教时编的《新文学选读》就选入了毕奂午《春城》、《村庄》两首诗，数量与闻一多、徐志摩等相同，仅次于卞之琳，而郭沫若只入选了《地球，我的母亲》、戴望舒只入选了《我的记忆》而已。何其芳认为毕奂午的诗有臧克家现实主义的张力，且他的诗"笔力粗强似甚于臧克家"。到了40年代，作为新诗理论家的闻一多编《现代诗钞》时,《掘金记》已被列入"待访"诗集,当时毕奂午身陷日军监狱,闻一多以读不到毕奂午的诗为恨。

《掘金记》分为两辑,第一辑收十首诗,第二辑则包含四篇散文,书中没有诗的写作时间,但作者在书前的序言中写道:"这里面的文字,一大部分是我在上中学的时候写的。春城,村庄,田园……这些都就是当时国文先生在讲堂上出下的题目。……四篇散文,写的时期略微靠后,是两年前吧。我从中学毕业了,趁暑假回到我那位置于一个大矿山附近的故乡去一趟。在那里我看见不知有多少的人是遭遇着像《冰岛渔夫》里面所描述的人物的同样命运——潘堡尔壮丁们的生命是都被大海吞噬了。于是我便描了这样几幅小画。但它们并没有把河泊山下居民的哀愁的万分之一申诉出来。"

由此可见,诗集的两辑恰对应诗人两段人生经历,由纯真懵懂的文学少年,到进入社会大学更深刻思考社会痼疾的青年文人,而细读两辑中的文字,也会发现诗人文风从轻灵变得雄浑。

第一辑中,除了与诗集同名的《掘金记》一首,多是短小的诗,我最喜欢的是《春城》和《田园》两首,均来自诗人初中国文课堂的习作。新诗历史上,中学生的习作收入诗集的例子并不少见,如汪静之的《蕙的风》、陈敬容的《盈盈集》中都有数首中学时的习作,但课堂作业直接作为成熟的创作,公之于众倒是稀罕的。而且毕奂午这两首诗从诗的语言、意象、韵律都堪称完美,如果不是诗人在序中言明,绝难想象是出自稚嫩学生之手。

《春城》一首,以一句"也是春天"的极短句开篇,既点出了全首的季节背景,又给读者留下了一点悬念,又一个春天来临,该是勾起诗人年年岁岁春相似,岁岁年年人不同的感想吧;之后作者则以洗练而灵动的笔触,通过一连串底层劳动人民的形象,勾画出一幅初春的城市风情卷:赶马车进城送货的车夫、游荡在城街间寻营生的人们、缕麻编草鞋为生的鞋匠。诗人以"永不戴手套的乡下人"、"带着菜色的黑眉男子"、"摸索于人类之足底"这几个细部描写,寥寥数笔,底层人民饥寒挣扎的卑微生活便毕见纸上。然而诗的色调又不是一味的灰暗,"冒着杏花雨"、"没有一棵苜蓿花,没有一棵金凤花",让人卒读会感受到春日花开的亮色,但慢慢回味,却又涌起一种莫名的哀伤和凄婉,全诗以"向炎夏走去"结尾,正恰与开篇呼应。整首诗,景与人物交融,意象生动,明暗色交织,情感流畅而细腻。

毕奂午诗中,意象的营造,颇为大胆,也独具特点,如另一首《田园》中,诗以"新的鞋子/踏着旧泥土"起首,新与旧的对应,鞋子与泥土两个意象,虚实间似有无穷的隐喻,后两句"到五月的海洋/眺望田间的麦浪",海洋和麦浪形成一种自然的互喻,舒畅而繁荣的气象油然而生;而紧接着诗人又以芫菁、石榴花和晚霞比喻农女厨边通红的火焰,火光绚烂,把整首诗饱满的情感推至顶峰。

又如在《牧羊人》中,诗人写道"黄金色的米粒,价值/等于几瓣残红","三月的太阳/空照银齿的镰刀","春雷,如失意的老人/在阴沉的天空/隐隐呻吟",这些意象的营造，使整首诗弥漫一种优美而萧索的徒劳感，将读者紧紧包围，深陷其中，仿佛走进了诗人笔下的村庄和田野。《秋歌》一首，诗人写催征壮丁的喇叭响彻田间的紧张感，却用了一种十分诗意闲适的笔调，结尾处"赤臂的苦力，肉搏／西风，落叶，黄花"，这两组反差极大的意象，却产生惊人的张力，让人不禁生出这些征战的人们在浴血奋战，而终将如黄花落叶般灰飞烟灭，随风而散。

毕奂午对中国当时社会现实的深沉思考和悲悯，也体现在他的诗中，使他的写景和抒情诗有了思想的深度。他在《村庄》中写道："我们曾把自己的谷子／一大排，一大排的割倒／我们曾换得一个钱票／小而又小。"在《牧羊人》中他写道："可怜的岁月是如此凋零"，"汗水与尘土／再不能塑成／美丽的幻梦了"。诗人对社会不公与黑暗的控诉在《掘金记》这首长诗中达到顶峰，整首诗共93行，不分节，酣畅淋漓，一气贯注。全诗记述了太行山民的一次掘金狂潮。1934年，太行山区山洪暴发，随之传闻金矿大量流失，千千万万饥民怀揣侥幸的希冀，成群结队，背井离乡，疯魔一般地涌向太行山掘金，不分男女老幼，都用最原始的工具，拼命地希望哪怕挖到半点金沙。诗人用强健的笔力，描绘出这既魔幻又现实的场景：

> 随急风在天空飞起白云，随锹锄在地面流着石火，随着人堆上的劳作怒潮，每一颗心都想收获新果。

人们为了争夺一星半点的金沙，以命相搏，杀伤流血：

> 太行山的空气,像不够人们呼吸,每个人都用方言叫嚣,懊恼,焦灼,往往为一粒细沙,不惜用铁锹爆溅血花。

诗人准确抓住在掘金狂潮中各色人等的特点和心态,他们中有多年在塞外贩马的来客、有平山草地田野劳作铸就铁骨的农民、有凶顽野蛮的山民、有盲从发财梦的城市居民。但最终真正得利的是一些城市内的银楼业老板,他们精于算计,散布流言,乘机压低黄金收购价格,大大地捞了一把,而付出血与汗甚至生命的掘金者们,到头来只是被流言欺骗,白白做了一场梦,只剩痛苦的回味。

这首《掘金记》奠定了毕奂午现实主义诗人的地位,诗人通过这一并不知名的社会事件,毫不留情地揭示出当时中国社会底层人民迫于生计的无助和愚昧,无良奸商唯利是图,最终陷入人吃人的怪圈。不同于前几首轻灵的小诗,长诗这种形式适合表现宏大的叙事和壮阔的感情,也更显诗人的功力,诗人投枪匕首般锋利的语言和深沉的悲悯融合得恰如其分。诗人选用这首诗为整部诗集命名,说明他对这首诗的看重,尽管我更偏爱诗人早期的短小诗作,但不可否认《掘金记》一诗在现代诗歌中的地位。

毕奂午在序言中有言:"对于什么是诗或怎样写诗等类的文字,在那时自然有些看不懂;但我也总没有留心过。幼时对于几种玩具,如木马,布老虎……是那样渴望地想知道它们肚子里装的是什么;对文学理论则从未发生半点兴趣。"由此可见,诗人对新诗理论并不感兴趣,也并未下功夫，相较与他同时期的卞之琳、戴望舒等诗人在新诗理论上的着力，毕奂午的诗更多是自然的流露，而较少雕琢。诗人的目光紧紧地注视着苦难深重的中国大地，在艺术风格上他不盲从于当时新诗坛流行的新月派唯美主义，也不附庸于现代派的象征主义，而形成现实主义的诗风。毕奂午对自己的诗风并没有太多的描述，但从何其芳的一段文字中，我们可窥得一二。

何其芳与毕奂午曾在天津南开中学共事，何其芳在《梦中的道路》一文中写道："有一次我指着温庭筠的四句诗给一位朋友看……我说我喜欢，他却说没有什么好。当时我很觉寂寞。后来我才明白我和那位朋友实在有一点分歧。他是一个深思的人，他要在那空幻的光影里寻一分意义；我呢，我从童时……以来便坠入了文字魔障。我喜欢……那种色彩的配合，那种镜花水月。"

何其芳文中所说的"一位朋友"即是毕奂午。何其芳在南开中学度过的岁月并不愉快，其时的他正处于对自己文学道路的彷徨之中，尽管凭《预言》、《夜歌》，他已成为诗坛新星，但他有时"厌弃自己的精致"，而寻求思想和艺术风格的嬗变。何其芳曾读到毕奂午的《火烧的城》一诗，诗中有这么几句：

> 是谁被抛弃于腐朽，熟睡/如沉卧于发卖毒液的酒家/在那里享受着梦境无涯？/欢乐的甜蜜，吻的温柔谁不期待？/但那带着枷锁的苦痛的手指/将推你醒来……

何其芳读后,曾感慨地对毕奂午说道,是的,我们不能再做梦了,而应该如诗中所言,让戴着枷锁的苦痛的手,把我们推醒、摇醒了……

《掘金记》第二辑中的四篇散文,《人市》、《下班后》、《溃败》和《幸运》所描写的皆是矿区人的生活日常,与其说是散文,不如说更接近于微型小说。如《下班后》中在矿里工作十个小时的苏保,却无法让妻子吃上饱饭,而妻子为生计只能成为暗娼,苏保受不了工友的冷嘲热讽,但望着空空的米缸和饿得哀号的儿子,只无可奈何地嘟囔一句"长大,还不是得提安全灯,背拖钩……钻黑洞去"。作者用极短的篇幅,没有设置太多的故事情节,只是白描式地展现一系列小人物在艰难困苦中求生的场景。

诗人笔下的矿区只是中国社会的一个缩影,社会的黑暗和不公,像一个巨大的轮回,埋葬一代代矿区民众的希冀与生命。太行山矿区,对自小生于斯长于斯的毕奂午,那些山民、矿工、家庭妇女,他是再熟悉不过的了,所以写得非常真实,力透纸背。而创作这一系列短篇的缘起,可能是他与王洛宾在哈尔滨流浪的三个月里,两人住进了高尔基笔下那种《夜店》式的鸡毛小店里,房间是地下室,窗户比马路还低。在这里,他接触到了当时最底层的生活和最下层的人物:卖苦力的、无家可归的逃亡者、白俄浪人、小偷、乞丐、下等妓女,等等。这些亲身经历为他后来写作储备了素材。

令人不免惋惜的是,《掘金记》之后,毕奂午的创作几乎中断了。1937年巴金将毕奂午的一些新诗和小说,编辑成《雨夕》，同样由上海文化生活出版社出版，原书作者后记已辗转丢失，所以巴金亲自为书补写了后记。

而诗人这时正身陷囹圄，巴金也不知老友在何处，但觉得有义务把这本存在他处的稿子付梓出版。《雨夕》初版本稀见，之后也没有单独重印，只在1988年由武汉大学出版社将《掘金记》与《雨夕》合为一册，命名为《金雨集》重印了200册。除了两本诗集，毕奂午再也没有出版任何作品。以毕老坎坷波折的人生经历，与中国现代文学史上多位大师的交谊，从年轻时便显露的文学才华，他本可留下更多有价值的文学作品，然而他最好的创作年华都在监狱和牛棚里度过了。

如今老诗人离世已二十个年头了，武汉大学，樱花掩映的小楼里，曾经陪伴林淑华、苏雪林直至毕奂午的青灯早已熄灭。那些曾经来赏花的老友们，都已离开人世，来求教的青年学子们，也已快到了相识时毕老的年纪。真似李辉所说的"遥想当年，毕奂午先生清晨牵着牛，穿过草丛，向远处走去。头上，漫天星辰……"

然而，《掘金记》这部薄薄的诗集，其价值所在恰如一星微光，给身处黑暗的人们，带来一点文学的温度和慰藉。我想，只要是光，它总会在夜空中闪烁，于读者心中流动。一如梵高画中的"星空"——"没有眼睛能看见日光，假使它不是日光性的。没有心灵能看见美，假使他自己不是美的。你若想观照神与美，先要你自己似神而美。"我想，今日读者读毕奂午的诗，同样要有这么一颗心灵。

妙诗赏读

春城

也是春天。
永不带手套的乡下人
挥着解冻的鞭子,
赶着马车,
冒着杏花雨,
隆隆地进城来了。

过高高的城垣,
到杂遝的街头,
是那花岗石,水泥
各样的建筑物之间
都是拥挤着寻求职业的
带着菜色的
黑眉男子。

没有一棵苜蓿花
没有一棵金凤花!

一个鞋匠,
以麻缕维系其生命,

摸索于人类之足底,
向炎夏走去。

田园

新的鞋子,
踏着旧泥土。

到五月的海洋,
眺望田间的麦浪。

在农女的厨边,
是谁燃点起通红的火焰?

——象芜菁,象石榴花,
又如一片绚烂的晚霞。

牧羊人

牧羊人
吹着口笛,
把东风唤起。

到那披花的路上，
看主妇们带着钥匙
巡视谷仓。

可怜的岁月是如此凋零，
黄金色的米粒，价值
等于几瓣残红。

听呀，红縢鸟在悲怆地叫号，
三月的太阳
空照银齿的镰刀。

汗水，与泥土
再不能塑成
美丽的幻梦了，

春雷，如失意的老人
在阴沉的天空
隐隐呻吟。

毕奂午与《掘金记》

毕奂午在书房（李辉摄）

毕奂午（1909—?），中国诗人、学者。河北井陉人。有说他于2000年2月29日逝世，享年九十二岁。毕奂午曾任天津南开中学教师，清华大学中文系教员，武汉华中大学中文系讲师、副教授。1949年后历任武汉大学中文系教授，湖北省文联副主席，武汉市文联副主席。1928年开始发表作品。

主要作品　诗集《掘金记》，散文集《雨夕》，诗文集《金雨集》等。

1926年开明书店初版《邮吻》

邮花背后的秘密
——刘大白的《邮吻》

一

记得2009年《博览群书》要为我开一专栏,取名为"诗话杂谈",那时是陈品高任主编,他要我写一个开场白(题记之类的)。那时,我就选了刘大白的一段诗:"归巢的鸟儿,/尽管是倦了,/还驮着斜阳回去。"时值秋季,我还添上几句话:"让我们沿着刘大白诗人'秋晚的江上'继续向前行走。"这是刘大白诗人写于绍兴的诗,时间是1923年10月30日,后面还有四句诗,即:"双翅一翻,/把斜阳掉在江上;/头白的芦苇,/也妆成一瞬的红颜了。"(《秋晚的江上》)

其实,据目前资料看,刘大白最早的爱情诗,是1920年5月25日创作,6月7日发表在《民国日报·觉悟》上的《这沉吟!为甚?》。接着,他又发表了《双瞳》、《爱》、《心印》、《丁宁》、《月蚀》等一批作品。这样集中吟咏爱情的诗人,在当时还没有其他人。

当然,在1920年5月6日汪静之创作了《题B底小影》,但汪静之是到了1921年7月,才开始发表爱情诗《悲哀的青年》《竹叶》等的,而《题B底小影》是在《蕙的风》出版后,才与读者见面的。相较于刘大白的爱情诗在《旧梦》中占30%左右,在《邮吻》中占绝大部分,湖畔诗社中的几位诗人,此时还没有哪一个诗人,像刘大白那样能大胆写出这么多的爱情诗。作为新文化运动的一员,诗人曾为爱情诗的创作大声疾呼,他在1922年为一本新诗选写的序言中就说:"几千年来被压在礼教的磐石下面的中国人底男女之情,差不多不敢堂堂皇皇地表现。然而情苗是压不住的……到了最近,这一块腐朽的磐石,已经被新时代的潮流冲击得崩裂了,他底命运已经垂尽,不能压住情苗底森森怒长了。"并呼吁中国现代的女性新诗人,"不要再甘心屈服在命运垂尽的腐朽的磐石下面,一齐起来抽迸那久郁深藏的情苗"(《白屋说诗·〈抒情小诗〉序》)。

刘大白曾以"大胆的告白"这一形式,来抒发自己对爱情的感触,这是以往任何时期的爱情诗人都不具有的,唯他创造的中国现代爱情诗歌的文体特征。不妨看他的一首小诗《双瞳》:

> 你!双瞳里有我;/我!双瞳里有你。/我看我,借着你底双瞳;/你看你,也在我底双瞳里。我和你有这两个双瞳,/还要那明镜!怎地?

这首诗写于1920年5月28日，6月8日发表在《民国日报·觉悟》上，直接告白爱情，双方四目对视，以示爱的情景，那种沉浸在幸福爱情中的满足感，真可谓溢于言表。我读刘诗时，翩翩联想起了管道昇的《我侬词》，她作为一位女性，在表达爱情时，似与刘大白之诗有异曲同工之诗韵："你侬我侬，忒煞情多。情多处，热似火。把一块泥，捻一个你，塑一个我。将咱两个，一齐打破，用水调和。再捻一个你，再塑一个我。我泥中有你，你泥中有我。与你生同一个衾，死同一个椁。"这无不反映了700多年前，那些女子苦于"相思欲寄从何寄？"的客观条件，造成了无数"为伊消得人憔悴"的相思女子。

二

姜德明先生的《书衣百影》是一本带我领略民国书籍设计之美的启蒙之书，总是放在手边，翻阅之余，总会泛起一丝遗憾。在收藏民国诗集的过程中，每每看到令人怦然心动的书装设计，不禁生出应该再有一部《书衣百影续编》之感。姜先生在给我的信中言，我所收藏之民国初版本诗集，许多他书房未有，如刘大白的《邮吻》便是这样一颗遗珠。

我藏有的《邮吻》诗集，是毛边本，1926年12月由开明书店初版，收诗31首，是"黎明社丛书"之一。

这是刘大白的第二本白话诗集，第一本诗集是1924

年由商务印书馆出版的《旧梦》。《旧梦》的出版过程让刘大白非常不满，不仅时间拖延甚久，错印漏印很多，而且装订极其粗劣。所以在《邮吻》的付印记中，刘大白细数了《旧梦》出版的种种纰漏，并希望《邮吻》的出版不要重蹈覆辙。《邮吻》的出版应该没有令刘大白失望。历经九十多年的悠悠时光，如今看来，这本诗集的书装设计，丝毫没有过时。

《邮吻》采用道林纸精印，封面的下半部是一封待拆的邮件，斜斜地被一双厚实有力的手握着，线条皆呈现一种几何造型感，颇有立体主义的味道。而邮件上的一枚邮票，恰位于整个封面的正中央，邮票的图案是一抹心形的芳唇，背景是旭日初升的水面，正呼应《邮吻》的书名。封面的上半部分以娇嫩的淡桃粉色为底色，用娟秀的小楷题写书名，下面则印着"刘大白作"。嫩绿的题签与下方的图案色调一致，淡粉配嫩绿，有一种青春萌动的甜蜜感。色彩的搭配十分和谐，让人不禁联想到《红楼梦》"黄金莺巧结梅花络"一回中宝钗、宝玉、莺儿详论色彩美学的情景。

翻开诗集，两页空白衬页之后，扉页是一幅黑白版画感觉的图案，绘着一扇锦窗，华丽的孔雀纹织锦窗帘，衬着菱形花纹构图的花窗，中央还悬着一盏精巧的宫灯，洋溢着一种绮丽神秘的意味，窗下则是一本打开的大书，书页上写着"黎明丛书"。整个图案像一张放大的藏书票，应是"黎明社丛书"的标志。这封面、题签、插画，署怡怡、卢玄、老彭三先生所作。

刘大白1928年出版的《旧诗新话》一书也是"黎明社丛书"之一，扉页便印有同样的图案。图案的右下角署"老彭"二字，应是图案设计者的名字，但究竟老彭是谁，至今尚无确凿的考证。刘大白在序言中感谢了这本诗集的封面绘者和题签人，分别是怡怡先生和玄庐先生。怡怡是谁无从知晓，但陈望道1923年为刘大白第一部诗集《旧梦》所作的序言中有提到，《旧梦》的封面也是由友人怡怡绘制的，想来怡怡该是刘大白一位擅长丹青的好友。

而玄庐则应是刘大白的知交好友沈玄庐。沈玄庐，原名沈定一，字剑侯，号玄庐，浙江萧山人，是我国著名的民主革命家。沈玄庐早年留学日本东京，并加入同盟会，刘大白与他也是在日本相识，并成为莫逆之交。刘大白离开浙江赴上海复旦大学任教时，还将妻儿托付沈玄庐照料，可见两人情谊深厚。谁知《邮吻》出版后两年，沈玄庐就被暗杀于萧山衙前镇，凶手迄今未明。

三

刘大白生于1880年，绍兴人，比鲁迅大一岁，与鲁迅是同乡好友。刘大白出身于读书人之家，祖父对他管教严格，九岁便师承陈莲远先生学做旧诗，具有深厚的旧学功底，曾膺拔贡，入京谒选。刘大白喜作旧诗词，青少年时代作了近两百首旧诗词，均收录在他之后的《白屋遗诗》中。刘大白早年东渡日本等地，接受域外先进思想，清末得优贡生，加入同盟会。后在诸暨中学、浙江第一师范、上海复旦大学执教。1919年他应经亨颐之聘，在浙一师与陈望道、夏丏尊、李次九一起改革国语教育，被称为"四大金刚"。后任教育部次长等职。

《邮吻》收录诗31首，是刘大白在《旧梦》之后部分诗稿的集结，成诗年代是自1923年至1926年，多作于浙江绍兴和上海江湾。诗集前有"付印自记"，他说："《邮吻》是《旧梦》以后一部分诗稿的结集；因着友朋们的怂恿，又把它付印了……"

创作于1923年5月2日的绍兴的《邮吻》，是诗集的第一首诗，一首美妙而独具巧思的情诗。全诗抒发了主人公在收到爱人来信时，欣悦甜蜜的心情，并将其表现得淋漓尽致。于此录下，读者歆赏：

> 我不是不能用指头儿撕，/我不是不能用剪刀儿剖，/只是缓缓地/轻轻地/很仔细地挑开了紫色的信唇；/我知道这信唇里面，/藏着她秘密的一吻。//从她底很郑重的折叠里，/我把那粉红色的信笺，/很郑重地展开了。/我把她很郑重地写的，/一字字一行行，/一行行一字字地/很郑重地读了。//我不是爱那一角模糊的邮印，/我不是爱那满幅精致的花纹，/只是缓缓地/轻轻地/很仔细地揭起那绿色的邮花；/我知道这邮花背后，/藏着她秘密的一吻。

诗人以"藏着她秘密的一吻"为核心，进行精巧构思，谜底揭开，令人心动，全诗意境尽出。刘大白这首《邮吻》以"书信"为媒，贯穿着爱的温度，爱的真挚。诗中那"不是不能"、"缓缓地"、"轻轻地"等叠词运用、回环反复，正是诗人当年应用他特具的诗艺，从心灵里表达和流露出他对那份情爱的珍视。我们仿佛能听见诗人无声的心韵，那种怜惜的温柔。而对这一封小小的信，诗人本可以"撕"、可以"剖"，然而诗人选择的，是用耐心与细心去"挑"，因为他确信这信里"藏着她秘密的一吻"。诗人以极温柔的方式，缓缓地轻轻地挑开了信唇。这一吻或许只是诗人的梦幻，一个不存在的心灵世界之一角，但哪怕只是万分之一的可能，诗人也要以极柔情的方式对待。这"秘密的一吻"，也许就是诗人本身印在信上的一个唇。这是一种感应，仅属于诗人，是旁人无可理解的秘密。

同样的主题，我们再读郭沫若，他是如何描写收到情书的情景。他的《瓶·第十一首》，似比较直白：

啊，她的信儿来了！/我的心儿/好像有人拍着的/皮球儿般跳跃。//我在未开信前，/匆匆地/先把她邮筒儿上的名儿/亲了半天。

我们再比较湖畔诗人应修人的《信来了》这首"味儿淡些"的诗：

心语儿满纸跳；/柔情儿不可描。/寄去的殷勤全收了，/回我是千瓣娇。/翻书弄字没心绪；/无端独自笑，无端独自笑。

对比之下，上述两位诗人，似缺乏刘大白那首《邮吻》的含蓄，爱情的多色调及强大的影响力，还没有充分表现出来。在现代爱情诗中，《邮吻》可谓独领风骚。

四

信本身就是传递信息的媒介。诗人何尝不是借这个来自她或他的吻，以诉相思之情。展信开颜，虽然无法知道信里的内容是什么，但从"她郑重"和"诗人的郑重"，以及"一字字"、"一行行"的"郑重"，我们完全可以看出诗人对心中那个人的珍重。正因为对这份感情的珍视与虔诚，所以郑重，所以无法放过字里行间的秘密。

诗人细腻的情感中，涌动着无限的温柔。尽管对方不一定见得到这种温柔，诗人的行为思绪，也难以向外人道；但有什么能阻止他这一字一句般地去陶醉呢？直率但不直白，诗人用拆信、展信、读信等细节，写出复杂、敏感的情感世界，以轻轻、缓缓、小心、谨慎的动作，表现这邮信的珍贵，是因"藏着她秘密的一吻"。淋漓尽致，细腻委婉，缠绵含蓄而又畅达明白。

虽说，诗人写这首诗时，已是1923年了，他已是一个43岁的中年男子，谈情说爱的花季雨季已逝，然全诗却充溢着整个生命的"青春气息"。九十七年后的今天，读来依然如此。故唐弢说：刘大白诗集（《邮吻》）"收诗三十一首，儿女温柔，情见乎辞。以大白所受的教养，所处的社会，竟能有这样绮丽的诗，这样热烈的书名，不可谓非奇事！"陈望道也评道"大白底人是外冷内热的人，诗也是外冷内热的诗"。

若从刘大白一生的经历，人生际遇来看，唐、陈之评说，实为中肯。当然，作者也有豪迈之诗，一如《西风》：

西风，/你只能在人间放浪吗？/假如我做了你，/就天上的银河，/也吹起它壮阔的波澜来。

刘大白的《邮吻》，不仅是"五四"后新诗的代表作，也是中国早期现代情诗的佳作。其实，刘大白的诗，与闻一多的《红烛》，虽表现形式不同，但却都有着相映成趣的同一性。我们不妨一读闻一多的诗：

红烛啊！/这样红的烛！/诗人啊！/吐出你的心来比比，/可是一般颜色？/红烛啊！是谁制的蜡——给你躯体？/是谁点的火——点着灵魂？/为何更须烧蜡成灰，/然后才放光出？……

也许刘大白的诗人之光，蕴含更深。

读《邮吻》，也联想起梁实秋晚年与韩菁清的相恋，梁对韩一见倾心，顿时陷入情网，在追求韩菁清的过程中，梁实秋写了上千封情书，有时一天竟要写上三封，也不无"邮吻"的心灵寄情,如"我挂念极了!爱人,邮差现在还没来,急于出去寄信,下午再写……"当然梁与韩是黄昏恋情,他与刘大白所处时代、心态,大不可同日而语,但我想,人性之中对爱之共性,不太有别。我相信梁实秋先生,那时对每一封信件,也是"把她很郑重地写的,一字字一行行,一行行一字字地,很郑重地读了"。

我们不妨再一读小字辈诗人席慕蓉的那首诗:

> 是令人日渐消瘦的心事/是举箸前莫名的伤悲/是记忆里一场不散的筵席/是不能饮不可饮　也要拼却的/一醉。

诗人们那一瞬间的心灵之爱,大致是同一的。

五

刘大白,他从晚清文学改良运动中走来,一向重视白话创作,这使他的新诗创作一开始就比较纯正,既较少文言的旧痕,又没有其他人浓重欧化的弊端,更"没有胡适式的浅薄,没有新月派的空虚,没有模仿法国象征派者的怪狂,没有普罗作家的空喊口号",而是以"沉挚的诗情"、"动人诗句"和"自己的情调",对中国新诗体的建构和成熟,发挥了重要的作用,形成了很大的影响。

但因当时新文化阵营受宗派性影响,后来学术界又被庸俗政治学所主导，刘大白对新诗创作的文体贡献，并没有得到充分认识和客观评价。刘大白的爱情诗，是现代爱情诗走向成熟的关键，打造了现代爱情诗体的基本特征，扩张了现代爱情诗的表现范围和深广度；他的写景诗主观与客观统一、情与景融合，摆脱了当时为写景而写景的不足；他开创了议论抒情化的哲理诗，丰富了小诗文体。

刘大白在中国新诗发展史上，发挥了引领作用，之后蒋光慈、徐志摩、戴望舒、卞之琳等人的诗歌创作有了新意。

惜这样的诗情才子，仅在世52载，就悒悒而终，确是现代诗坛的一大不幸！

妙诗赏读

霞底讴歌

霞是最值得讴歌的：
当朝暾将出以前，
她接受了光明底最先，
把最美丽的赠给我了；
当夕照既沉以后，
把保留了光明底最后，
把最美丽的赠给我了：
霞是最值得讴歌的！

霞是最值得讴歌的：
舒卷着的，
她能对我低飞慢舞，
仿佛灵娥底倩影；
烘晕着的，
她能对我薄羞浅笑，
仿佛稚女底憨态：
霞是最值得讴歌的！

霞是最值得讴歌的：
她是美和真兼爱的艺术家，

能创造种种的画幅,
给我以灵肉一致的慰安;
她是华和实并崇的科学家,
能分析种种的光波,
给我以色相都空的智慧:
霞是最值得讴歌的!

霞是最值得讴歌的:
灿灿烂烂的,
她底朝朝暮暮,
作我朝朝暮暮的伴侣,
变变幻幻的,
她底东东西西,
作我东东西西的枢机:
霞是最值得讴歌的。

邮吻

我不是不能用指头儿撕,
我不是不能用剪刀儿剖,
只是缓缓地
　　　轻轻地
很仔细地挑开了紫色的信唇;
我知道这信唇里面,

藏着她秘密的一吻。

从她底很郑重的折叠里,
我把那粉红色的信笺,
很郑重地展开了。
我把她很郑重地写的,
一字字一行行,
一行行一字字地
很郑重地读了。

我不是爱那一角模糊的邮印,
我不是爱那满幅精致的花纹,
只是缓缓地
　　　轻轻地
很仔细地揭起那绿色的邮花；
我知道这邮花背后,
藏着她秘密的一吻。

我 愿

我愿把我金刚石也似的心儿,
琢成一百单八粒念珠,
用柔韧得精金也似的情丝串着,
挂在你雪白的颈上,

邮花背后的秘密

垂到你火热的胸前,
我知道你将用你底右手掐着。

当你一心念我的时候,
念一声"我爱",
掐一粒念琳;
缠绵不绝地念着,
循环不断地掐着,
我知道你将往生于我心里的净土。

刘大白（1880—1932），原名金庆棪，后改姓刘，名靖裔，字大白，别号白屋。中国现代著名诗人，文学史家。浙江绍兴人。与鲁迅先生是同乡好友，1913年，刘大白东渡日本，在东京期间，加入同盟会，1915年公开发表反对卖国的"二十一条"的文章，受到日本警视厅的监视，后不得不离开东京，转赴南洋。先后到过新加坡、苏门答腊等地，应当地华侨学校的聘请，教授国文。直到1916年6月，袁世凯称帝失败身亡，刘大白才得以从南洋回国，定居在杭州皮市巷三号，在《杭州报》任职谋生。1919年应经亨颐之聘在浙江第一师范与陈望道、夏丏尊、李次九一起改革国语教育，被称为"四大金刚"。1920年6月，刘大白从杭州回绍兴后，往返于杭州、萧山、绍兴等地，先后在崇文、安定、春晖等中学任教。后任教育部秘书、常务次长，中央政治会议秘书等职。1925年为复旦大学校歌作词。先后在浙江省立诸暨中学、浙江第一师范、上海复旦大学执教十余年。

在1921年至1922年间，刘大白写了许多新诗和随感，发表在《民国日报·觉悟》上，新诗署名刘大白，随感署名汉胄或靖裔。刘大白的新诗中有不少涉及底层劳动人民痛苦生活。1924年，刘大白加入以柳亚子为首的新南社，同年，他加入文学研究会上海分会。1924年3月，刘大白的第一部诗集《旧梦》由上海商务印书馆出版，共收597首诗，列入"文学研究会丛书"，陈望道、周作人为诗集作序。1931年开始，刘大白闭门写作。1932年2月13日，刘大白静静地躺在钱塘路九号的床上，与世长辞，享年53岁。

主要作品　　诗集《旧梦》(1924)，诗集《邮吻》(1926)，诗论《旧诗新话》(1928)，诗论《白屋说诗》(1929)，杂文《白屋文话》(1929)，诗集《再造》(1929)，诗集《丁宁》(1929)，诗集《卖布谣》(1929)，诗集《秋之泪》(1930)，著作《中国文学史》(1933)，著作《文字学概论》(1933)，散文《故事的坛子》(1934)，旧诗《白屋遗诗》(1935)，诗论《中诗外形律评说》(1943)等。

1929年4月未名社初版《冰块》(此为毛边本)

荒原上的歌者：韦丛芜与他的《冰块》

一

1923年，一对爱好文艺的兄弟，离开家乡安徽，辗转来到北京，在距北京大学不远的沙滩新路租下一间小屋。哥哥早年曾求学于莫斯科东方劳动者共产主义大学，弟弟也在教会学校读过几年书，他们到北京大学旁听课程，其时鲁迅先生恰受邀讲授中国小说史，兄弟俩请教先生问题，聊文学主张，彼此颇为投契，于是鲁迅先生便成了小屋的常客。这兄弟俩便是韦素园和韦丛芜，小屋后来诞生了新文学运动中重要的文学社团"未名社"。

未名社的成员中，李霁野、台静农、韦素园、韦丛芜都来自安徽六安，四人既是同乡，又是同学，且都受鲁迅影响。鲁迅当时在北新书局出版"未名丛书"，立意引介国外的文学作品，但因人手有限，译稿不足，结识了这些文学青年后，鲁迅便把"未名丛书"交由韦素园主持，并由此成立了未名社。韦素园承担了未名社的主要工作，而韦丛芜也进入燕京大学外文系就读，并开始在《语丝》、《莽原》等杂志上发表作品，还结识了沈从文、焦菊隐等一群志同道合的文学青年。鲁迅先生一生希望远离文学、政治派系的纷争，未名社之后他便没有再加入任何团体，未名社的同人岁月，可谓凝结了鲁迅先生文学理想的一片赤忱。多年后，鲁迅在《忆韦素园君》一文中，还深情地回顾道：未名社"还印行了《未名新集》，其中有丛芜的《君山》，静农的《地之子》和《建塔者》，我的《朝花夕拾》，在那时候，也都还算是相当可看的作品"。

作为未名社中唯一的诗人，韦丛芜的诗歌作品随着时间的流逝，渐渐地淡出人们的视野。所以当瑞典汉学大家、当时唯一懂中文的诺贝尔文学奖评委马悦然先生提到韦丛芜的诗作《君山》是一部"在中国现代诗歌史上非常独特的作品"时，当时的中国文坛竟对其一无所知。好不容易才在北大图书馆找到这部《君山》，还找到了80年代出版的《韦丛芜选集》，从此人们才了解到苇丛芜和他的诗。

韦丛芜原名韦崇武，又名韦立人，1905年生于安徽霍邱县（今属六安）一个小商人家庭，家中兄弟五人，另有一个妹妹，韦丛芜排行老四，他的三哥便是韦素园。韦丛芜1912年入霍邱县立小学读书，后又转入叶集的明强小学。韦氏兄弟在小学便结识了同学台静农、李霁野、张目寒等。哥哥韦素园对韦丛芜影响很大，韦素园从小思维敏捷，具有革新思想，辛亥革命后，镇上人大多拖着辫子，韦素园带头剪去辫子并倡议同学也剪辫子，成为镇上轰动的新闻。韦丛芜在哥哥的带动下，在考入湖南公立法政专门学校后,与李霁野合办《评议报》的《微光周刊》和《皖报》的《微光副刊》,宣传新文化。韦素园因病中断在莫斯科的学习后,便带着韦丛芜一起赴北京。之后韦丛芜考入燕京大学,未名社成立后,还主编过《燕大月刊》和《莽原》,并开始诗文创作和翻译工作。

《君山》是韦丛芜的第一部诗集,出版于1927年,为《未名新集》中唯一的一部诗集。鲁迅先生对《君山》评价甚高,还特地请林风眠为诗集设计封面,司徒乔画了十幅插图。当时的林风眠自巴黎回国不久,出任国立艺术专门学校的校长,并在北京开了第一个画展;而司徒乔在燕京大学神学院学习,学业之余终日画画,鲁迅对其非常赞赏,不仅请他为《莽原》杂志绘制封面和插图,还在司徒乔的第一次画展上以高价购入他的画作。两位艺术家的加持,使得《君山》这本诗集设计精良,甫一上市,便一售而空,之后因为未名社的解散,未能重印,如今已很难觅得原书。

《君山》是一首长诗,共40节,长达600余行,一度是中国最长的叙事长诗。白话新诗中,长诗十分罕见,胡适、朱光潜等都曾评价长篇诗不发达对中国文学来说是一大缺陷,徐志摩更是抱怨:"诗永远是小诗,戏永远是独幕,小说永远是短篇。每回我望到莎士比亚的戏,丹丁的《神曲》,歌德的《浮士德》一类作品,比方说,我就不由的感到气馁。"(《猛虎集序》)尽管是默默无闻的年轻人的处女作,《君山》源于韦丛芜的亲身经历,诗人借用洞庭湖娥皇女英的古老神话,用白话诗描述了少年时代的一段爱情往事。韦丛芜曾就读于湖南岳阳湖滨大学，放寒假时他由岳阳乘火车回安庆，旅途中结识了一对教会中学的姐妹，他心生爱慕之情，但终因社会礼教的束缚，一段纯真的感情终是落花飘零碾作尘。诗作开始在《莽原》连载，受到了读者的喜爱和评论家的关注，沈从文曾称《君山》是"中国最长之叙事抒情诗"，又称赞它"明白婉约，清丽动人"。《君山》与郭沫若的《瓶》、白采的《羸疾者的爱》、朱湘的《王娇》、朱自清的《毁灭》被公认为白话新诗早期代表性的长篇诗作。

二

第一部诗集的问世，使韦丛芜作为诗人登上民国文坛，两年之后，韦丛芜紧接着出版了他的第二部诗集《冰块》。《冰块》同样由未名社出版，初版于1929年4月，仅印一千册。我所收藏的《冰块》初版本，还是难得的毛边本，与《君山》一样都是存世稀少的珍品诗集。唐弢书话中有言："《冰块》今已绝版。未名出书，多用重磅道林纸，毛边精装，书式美观，求之今日，鲜兮难得。"

《冰块》的书装设计和印刷也十分讲究，诗集大32开本，道林纸精印，侧边棉线装订，与俞平伯的诗集《西还》的装订类似。封面是一幅颇具古意的墨松图，是中国传统绘画的风格：一轮薄冰般的圆月，空悬冰蓝的夜空，一支遒劲的苍松斜曳而出，图面的左上以娟秀的小楷题写书名及作者，犹如书画的题诗和落款。诗集内页印有"未名新集之一"，封面绘画为关瑞梧。关瑞梧是何人？是因什么机缘为韦丛芜的诗集绘制封面？资料显示，关瑞梧1927年至1931年就读于燕京大学社会学系，之后留学美国芝加哥大学，归国后任教燕京、辅仁大学，为我国儿童教育领域做出很大贡献。冰心在她的一篇散文中曾提到她学生中几对美满的夫妻，便有关瑞梧和她的丈夫郑林庄先生，郑林庄先生是美国哈佛大学博士，也是著名的经济学家。

关瑞梧先生并不是画家，但其父亲关伯珩先生是民国初年北方著名的收藏大家，在书画收藏上与杨荫北、叶恭绰齐名。因家学渊源，关瑞梧可能只把丹青作为怡情雅好，诗集出版时，关先生尚在燕京求学，比韦丛芜低几级，是否由此与韦丛芜结识，而为其诗集绘了封面，也未可知。两人之后便再无交集，其中原委可留待学者们进一步挖掘。

民国书籍大都会将出版社的系列丛书在书后打个广告，《冰块》一书后便列出了未名社丛书的数种著作，如鲁迅的《朝花夕拾》、台静农的《地之子》、李霁野的《影》等。引起我的好奇的是，其中有一本韦丛芜的诗集《我和我的魂》，显示为收入散文诗五首，在印状态。然而现在这本诗集却杳无踪迹，找不到任何版本，不禁让我怀疑这本"在印"的诗集并未问世。当时的未名社财务困顿，加上韦素园生病休养，所以这本诗集没有发行，也并不奇怪。

三

《冰块》共收诗12首,另有译惠特曼诗2首。这些诗歌作于1925年至1928年,以短诗为主,这一时期韦丛芜的文学创作进入更为成熟的阶段。由于五四运动、民主革命进入低潮,列强环伺,北平局势动荡,未名社被查封,韦丛芜、台静农和李霁野被捕,拘押了50多天后获保释。由此,我们可以明显地感到韦丛芜诗歌创作的主题由《君山》中投射自身的爱情诗,转为反映现实和深剖内心的挣扎彷徨,风格也由哀婉凄美变为晦暗沉郁。

诗中有几个意象令人印象深刻,如"荒坡上的歌者"、"燃火的人"、"心中的冰块"等。在我看来,这都是诗人的自喻,都透露这一时期他孤独、苦闷与悲哀交织的复杂情绪。诗人深陷社会现实的黑暗之中,希望大声疾呼,希望抗争,然而文学青年的呼声如此微弱,无力改变现实。诗集印在扉页上的两句诗:"消不了的是生的苦恼,治不好的是世纪的病。"正是这一时期诗人所思所想的概括。

1926年3月18日,为抗议日本帝国主义炮击大沽口的暴行,北京数千名学生、群众游行请愿,要求政府拒绝八国通牒。集会游行中请愿的学生和群众与政府卫队发生冲突,卫兵开枪致47人死亡,这便是"三一八"惨案。鲁迅称这一天,是民国以来最黑暗的一天,并写下了著名的悼念文章《记念刘和珍君》。韦丛芜也是"三一八"惨案的亲历者,在鲁迅的鼓励下,诗人把这段经历写成了《我披着血衣爬过寥阔的街心》、《我踟蹰,踟蹰,有如幽魂》两首诗,是《冰块》这本诗集中非常有分量的诗作。"阴风惨惨地吹,/细雪纷纷地落,/这屠杀后的古都,/埋葬在死的恐怖。/繁华的哈德门大街,/此刻已无车马驰奔;/我,血衣依旧在身,/踟蹰,踟蹰,有如幽魂",这些诗句,至今读来仍能令人感受到眼看无辜生命消逝那锥心刺骨的惨痛。

《冰块》诗集中值得注意的,还有韦丛芜翻译美国诗人惠特曼的两首自由诗。中国新诗的产生与发展和西方诗人作品的翻译引介是密不可分的,胡适、卞之琳、徐志摩都曾表示,西方诗歌的翻译可谓促成了我国白话新诗的产生,并对新诗发展中的重大转折产生了重要影响。惠特曼是美国诗坛自由诗体的践行和推动者,作为"平民诗人"和"美国的精神"的惠特曼天然地与五四运动追求民主科学的精神契合,因而成为民国时期被翻译引介诗作最多的诗人之一。

最早在国内介绍惠特曼的是田汉,1919年,日本纪念惠特曼诞辰百年引起了田汉的关注,便在《少年中国》创刊号中发表《平民诗人惠特曼百年祭》一文。同在日本的郭沫若也在这一时期广泛阅读惠特曼的诗作,他在与宗白华的通信中多次引用惠特曼的诗句,在郭沫若1920年的诗《晨安》中便致敬了惠特曼。1924年,徐志摩在《小说月报》上发表了他翻译惠特曼的《我自己的歌》,应是翻译惠特曼诗作较早的作品之一。可以看到,20年代开始,白话新诗的重要力量创造社和新月派都开始注意惠特曼的诗，未名社自然也不例外。1927年鲁迅在他主编的《莽原》上发表了韦丛芜翻译的《敲，敲，敲》和《从田里来呀，父亲》，均出自惠特曼的《桴鼓集》，《冰块》中收录的便是这两首译诗。韦丛芜自1924年初到北京开始，便在鲁迅的鼓励下，从事了大量的翻译工作。19岁时，韦丛芜就翻译了陀思妥耶夫斯基的成名作《穷人》，可谓我国翻译引介陀氏作品的先驱，出版时，鲁迅也欣然为之作序。之后韦丛芜又翻译了《罪与罚》等陀氏代表作。从《冰块》书后所附的诗人出版和待印的翻译作品中可见，韦丛芜在短短五年时间内已完成了对来自俄国、英国、法国等的十部作品的翻译，他在这一时期译述之勤可见一斑。

韦丛芜在译诗后，还写下了一篇短小的附记，引用文学批评家W. I. Long对惠特曼两诗的评论说："《从田里来呀，父亲》——一幅绘得精巧的图画，绘出一个老父亲和老母亲从他们的工作中，战栗地走来，听他们的远在战线上的儿子的消息。这是一万父亲和母亲的图画，在同样多的北部和南部的乡村里。……惠特曼所有作品中之最精美有人情的。与此在大争斗中牺牲他们的儿子的诸父诸母的这种沉默的悲哀与英雄气极端相反的，便是《敲，敲，敲》，该诗反映第一次招兵的骚动与喧噪。"诗人选择翻译这两首作品，是具有深意的，敏感的他当时似乎已经预感到，未来抗日战争将一触即发。他希望用诗来警醒世人，战争灾难之下，无人是幸存者。

附记中，韦丛芜还阐述了自己对自由诗的观点："我们的从未开过盛花的新诗坛上，岂不是早就有一部分人在不住加紧地自己缚着自己的手,彼此互相竞争着,标榜着,看看到底谁缚得紧些,整齐些么?惠特曼的自由诗之类大概还有介绍的必要罢,虽然有用与否是问题。"显然,韦丛芜主张新诗不应被格律所束缚,而应该真正地形成自由体,反对当时新诗格律派的观点。然而细读韦丛芜《冰块》中的诗歌,就会发现他的诗是完全的自由体,但并不是散漫地将散文变为诗歌,而是有极精巧的节奏和音律性。这在他的《密封的素简》、《哀辞》等诗中都有直接的体现。惠特曼本身就是美国诗歌传统的挑战者,他的诗背离了当时的学院派审美标准,长时间被同行拒绝和批判,但他毫不在意,野蛮生长,在漫长的文学创作生涯中反成就其"美国诗歌之父"的文学地位。译介惠特曼的诗作,也寄托着诗人新诗创作上,不因循守旧,希望有所突破和变革的愿望。

四

1929年韦丛芜自燕京大学毕业后,先赴上海从事了一阵翻译工作,后又受聘于天津的河北女子师范学院,这期间因韦素园病重,由韦丛芜代为管理未名社社务。然而九一八事变之后,东北沦陷,华北也危在旦夕,未名社的同人们也都星散避祸,加上出版凋敝,财务困顿,未名社最终解散。韦丛芜深感文学创作在救亡图存上的无力,决心弃文从政,投身乡村建设,力求探索一条救国之道。所以自1933年开始,韦丛芜回到家乡霍邱县推行他的合作同盟计划,后陈立夫被他的报国热忱所感动,委任他为霍邱县县长,于是韦丛芜便怀着满腔文人救国的天真,走马上任。

韦丛芜曾将自己对农村建设的构想整理成一本小册子,题为《合作同盟》,印了一千册,分赠给好友,他也寄了一册给他的恩师鲁迅先生。然而鲁迅先生收到《合作同盟》后,一针见血地指出韦丛芜理想化的狂热的幼稚,他在给台静农的信中便写道:"立人先生大作,曾以一册见惠,读之既哀其梦梦,又觉其凄凄。昔之诗人,本为梦者,今谈世事,遂如狂醒;诗人原宜热中,然神驰宦海,则溺矣。立人已无可救。"鲁迅一生厌恶政治,且对当局政府已极其失望,自然对韦丛芜投身政界感到失望。如果只读鲁迅这几句评价,容易误读为韦丛芜是被权力吸引,追求功名利禄而由文人变为官僚,但韦丛芜是真正希望将他的构想在家乡实现,并不是为了私利,只是单纯地希望改变中国农村积弱的现状。

韦丛芜毕竟还是太年轻气盛,也太书生意气了,他在霍邱县推行农村合作社,触动了本地官绅地主的利益,推行了一阵后,官绅地主甚至勾结匪盗刺杀韦丛芜,幸亏杀手听闻韦丛芜是个为民办事的清官而良心发现收手,韦丛芜才有惊无险。但官绅地主依然决心扳倒他下台,纠集民众闹事,再加上国民党政府觉得韦丛芜的合作社主张有推行共产思想的嫌疑,为了平息事端,省政府最终以渎职罪撤了他县长之职,并将他逮捕关押。韦丛芜经济救国之梦碎了，出狱后他又辗转经商，但也并无所成。自1933年开始，到抗战胜利的将近十三年，韦丛芜放下了诗笔，远离了文学，《君山》《冰块》两本诗集成为了韦丛芜文学生涯的高光时刻。中华人民共和国成立后韦丛芜担任了上海新文艺出版社的英文编辑，这时他如梦初醒，终又拾起了译笔，他记得鲁迅先生在未名社时提到的，希望他能翻译陀思妥耶夫斯基全集。他于是在中华人民共和国成立初期的六年中翻译了陀氏的巨著《卡拉玛卓夫兄弟》、美国现实主义作家德莱塞的《巨人》、杰克·伦敦的《热爱生命》。可惜的是，韦丛芜刚进入他翻译的高峰期，反右运动迭起，而韦丛芜因为在国民党治下的从政经历，自然无法幸免，两次入狱，没有工作和生计，贫病交加，饱受磨难，"文革"刚结束便身故，未等到那迟来的平反书。韦丛芜去世后，家人把他与妻子周吟湘合葬于浙江天目山麓。

鲁迅先生还是很了解韦丛芜的，他看透了韦丛芜那诗人的理想主义本质，在复杂的世事和黑暗的政治面前，注定以卵击石，粉身碎骨的命运。当年文才横溢的韦氏两兄弟，韦素园英年早逝，韦丛芜文名淹没。他在十年浩劫中，在极艰苦条件下终于翻译完了陀氏全集，却未见到出版问世，不禁令人无比唏嘘。

妙诗赏读

燃火的人

我的身躯好比是一片荒原,
心灵里燃起了烈烈的火焰;
火焰烧遍了我的周身,
火光中焦灼着我的孤魂。

这荒原原只配当作葬场,
这孤魂也算是配了命运。
祝福我软弱的心!
祝福你燃火的人!

密封的素简

电光透出红色的灯幔,
红光浮泛在病人的脸面;
呼吸微弱一如床边梅花的气息,
他默想着,注视着密封的素简:

"往事有如云烟,
云烟里现出朦胧的江南,——

江南的笑语,
江南的亲颜。

"十年的沉默都是养料,
培养着心田里的爱苗。
……

"人世几经变迁,
生活几度失颜;
几度情焰浇灭失望,
几度失望浇熄情焰。

"我驰骋于人生的疆场,
日日打着无声的血战;
击罢,我的忠勇的鼓手!
我们的希望是最后的凯旋。"

电光透出红色的灯幔,
红光浮泛在病人的脸面;
呼吸微弱一如床边梅花的气息,
他默想着,注视着密封的素简。

哀辞

多少奇花,

开而又落;
多少妙人,
虽死如活;

死者生者,
两地相忆!
哀此宇宙,
充满孤寂。

诗人的心

诗人的心好比是一片阴湿的土地,
在命运的巨石下有着爱的毒蛇栖息;
他歌吟着,轻松心头的苦楚,
毒蛇在吟声里吮取着他的血液。

在生之挣扎里更痛感着生之悲凄,
他踯躅于人间,却永味人间摒弃。
唉,何时啊,能爬出那血红的毒蛇,
从命运的巨石下,从阴湿的土地里!

荒原上的歌者:韦丛芜与他的《冰块》

韦丛芜(1905—1978),原名韦崇武,又名韦立人、韦若愚,生于安徽霍邱县(今六安市叶集区)一个小商人家庭,是现代著名作家韦素园的胞弟。燕京大学毕业,曾在天津河北女子师范学院任教。1925年结识鲁迅,与曹靖华、韦素园、台静农、李霁野等在鲁迅的倡导下,创办了著名的"未名社",同时主编《燕大月刊》,创办《莽原》半月刊,从事办刊、创作、翻译及未名社的经营等工作。《莽原》半月刊撰稿人之一。

中华人民共和国成立后曾任上海新文艺出版社英文编辑。韦丛芜的主要作品有诗集《君山》、《冰块》等,译有陀思妥耶夫斯基的长篇小说《穷人》、《罪与罚》、《卡拉玛卓夫兄弟》,美国杰克·伦敦的《生命》等。1985年安徽文艺出版社出版有《韦丛芜选集》。

主要作品 著有诗集《君山》(1927)、《冰块》(1929),并翻译有:

《穷人》(长篇小说),俄国陀思妥耶夫斯基著,

1926，未名社出版部

《格列佛游记》（卷一，长篇小说），英国斯微夫特著，1928，未名社出版部

《张的梦》（短篇小说集），俄国葛宁著，1929，北新

《回忆陀斯妥也夫斯基》，俄国陀思妥耶夫斯基夫人著，1930，现代

《英国文学：拜伦时代》（文学史），英国葛斯著，1930，未名社出版部

《罪与罚》（长篇小说），俄国陀思妥耶夫斯基著，1930，未名社出版部

《睡美人》（儿童故事集），法国贝罗著，1940，北新

《穷人及其他》（长篇小说），俄国陀思妥耶夫斯基著，1947，正中

《死人之家》（长篇小说），俄国陀思妥耶夫斯基著，1947，正中

《西伯利亚的囚犯》（长篇小说），俄国陀思妥耶夫斯基著，1950，文光

《卡拉布格海湾及其他》（小说集），苏联，蒲思托夫斯基著，1950，文化工作社

《里吉达的童年》（长篇小说），苏联阿·拖尔斯泰著，1950，文化工作社

《百万富翁》（长篇小说），苏联格比敦·莫斯违凡著，1950，文化工作社

《库斯尼兹克地方》(长篇小说),苏联A·瓦洛辛著,1951,文化工作社

《从白金国来的爱素丹》,苏联B·克巴巴耶夫著,1951,时代

《一个塔哈诺夫工人的手记》(短篇小说),苏联扬金著,1951,时代

《为和平而战》(讲演集),苏联爱伦堡等著,1951,文光

《库叶岛的早晨》(长篇小说),苏联柴珂夫斯基著,1951,海燕

《列宁——永远不落的太阳》(短篇小说集),苏联玛米汉利等著,1951,文化工作社

《收获》(长篇小说),苏联格林娜·尼古拉叶娃著,1951,文化工作社

《作家的写作法》(理论),1951,新文艺

《文学青年写作论》(理论),1951,春明出版社

《妮索》(长篇小说),苏联鲁克尼茨基著,1952,文化工作社

《苏联五作家》(理论),苏联斐定等著,1952,文化工作社

《六作家论》(理论),苏联洛姆诺夫等著,1952,文化工作社

《意大利印象记》(散文),俄国巴甫连珂著,1953,文化工作社

《卡拉玛卓夫兄弟》(长篇小说),俄国陀思妥耶夫斯基著,1953,文光

《巨人》(长篇小说),美国德莱塞著,1958,新文艺

荒原上的歌者:韦丛芜与他的《冰块》

未名社出版部1930年出版
《罪与罚》(长篇小说),俄国陀思妥耶夫斯基著,韦丛芜译

1926年12月上海光华书局初版《圣母像前》20开本

王独清：让那悲哀迷了我底心

"创造社最后送出的三位诗人"是指王独清、穆木天、冯乃超。他们当年的创作，大都从浪漫派到象征派。上承李金发，下启戴望舒，而至20世纪40年代，是中国新诗的嬗变期。这一时期，中国新诗曾有过一场声势浩大的"纯诗运动"。当时中国新文化运动的学者、文学家们，皆以极大的热情投入这一针对中国新诗理论建构和未来发展路径的争论中。而纯诗运动的发轫者，正是穆木天与王独清。朱自清在回顾新诗发展历程时也认为："抗战以前新诗的发展可以说是从散文化逐渐走向纯诗化的路。"可见"纯诗运动"在新诗历史上的地位与作用。王独清，这位创造社中的异类诗人，曾在很长的时间被人们遗忘，他的爱情、反叛与漂泊，恰见证了那个时代知识分子与中国革命融合的过程。

一

王独清(1898—1940)，原名王诚，号笃卿，生于陕西西安，原籍蒲城。王家为世代官宦书香望族，高祖曾官拜相国，祖父王益谦与林则徐交谊深厚，曾助力其禁烟。王独清在《长安城中的少年》一书中，描述过家里厅堂中悬着林则徐赠予祖父的对联。然而到王独清父亲王沣厚一代，已是清朝末年，王沣厚不愿做官，只读书、作诗、交友，在长安城中以名士自居，颇具艺术家气质。

而王独清，却是家中的独子，幼年父亲即亲自授其国学发蒙。虽还是沿袭经史子集的传统，但发觉王独清对诗词的偏爱和早慧，父亲便让他在藏书丰富的书房中自由阅读，并教他读楚辞、元曲、《红楼梦》。那时诗心已在小小年纪的王独清心中发芽了，觉得"带着些咀嚼的气味在缀那有韵的句子是一种莫大的快乐"。

尽管生活富足、教育环境优越，但王独清的童年并未感到快乐，而是被一种压抑、痛苦和矛盾深深困扰着。他日后回忆如是说："我底童年真是一个在矛盾的空气中生长的童年。一面我是在一种好像简直是非常舒服的境遇中生活，一面我底精神却被一种几乎是悲惨的黑暗压到了佝偻的地步。"

虽是家中独子，看似含着金钥匙，受万般宠爱，但因他是庶子，生母是地位卑微的丫头，他从小就感受到父亲对母亲的轻蔑冷漠，以及正房大母的暴虐侮辱，亲生母子因封建家庭身份有别而疏离隔绝。

诞生于戊戌变法之年的王独清生性敏感,在看似平静的生活中,他也已感到一个旧式家族在新时代狂潮的冲击下,如一栋看似华美的楼宇,实际已千疮百孔。这种童年矛盾的底色,养成了王独清的既忧郁又狂放的性格,也贯穿了他一生的命运,他之后游历海外、投身革命、挣扎沉浮,皆可从中寻找缘由。

王独清也很清楚自己性格中的扭曲和病态,"那种家庭的氛围把我养成了不能够劳动甚至不坚强的体质。同时父亲要我为他争面子的那种中心主张无形中又是在煽动着我底不诚实的虚荣"。一方面清醒地自我剖析,另一方面却无力改变,使王独清的精神,易堕入沉沦和颓丧之中。

12岁那年,父亲骤然去世,母亲也随之倒下,父母双亡的王独清便生活在大母的专断暴虐之下,不仅禁了父亲让他随意翻阅的杂书,只准他读四书五经,还遣走了讲新学的先生。直到一个偶然的机会,王独清才被准许考入了三秦公学的中学部。三秦公学是辛亥革命以后陕西仿日本公学体制成立的一所新式学校,集合了当时不少的进步人士。王独清也从这时开始更多地接触革命新思潮,了解陕西民党的历史。

然而,三秦公学的求学岁月并未太久,王独清因为一次学生反对教员的事件,对学校和时局感到失望,而与其他同学一起主动退学。此时王家已从西安迁回蒲城,王独清不愿回蒲城,也不愿再受大母的束缚,从此与家庭彻底断绝联系。

退学后的王独清,面对黑暗的社会现状,认为革命乃当时中国必由之道。他与老同盟会成员姚树陔成为忘年之交,常留宿其家,在他家中结识了更多的民党人士,发表鼓动革命的文章,还成为陕西民党机关报《秦镜报》的编辑。

16岁的世家子弟真正接触到了政治,他写道:"我一面崇拜着那些在辛亥前殉难的革命伟人,一面自己也想照样的去干一下",从此革命成为了王独清一生的信念。不久,因为发表激进的文章,《秦镜报》被封,经理被打死,多人被捕,王独清也差点被捕。西安肯定是待不下去了,于是,1917年,王独清跟随陕西同乡郑伯奇的父亲,来到上海,从此他辗转漂泊,一生再也没有回到过家乡。

二

海明威在《流动的盛宴》中说过这样一段话:"假如你有幸年轻时在巴黎生活过,那么你此后一生中不论去到哪里她都与你同在,因为巴黎是一场流动的盛宴。"徐志摩在《巴黎的鳞爪》中也写道:"到过巴黎的一定不会再希罕天堂;尝过巴黎的,老实说,连地狱都不想去了。整个的巴黎就像是一床野鸭绒的垫褥,衬得你通体舒泰,硬骨头都给熏酥了的。"

那是二三十年代,黄金时代的巴黎。诗人王独清也正是这个年代来到法国,度过了他的青春时代。1920年5月,22岁的王独清乘上了开往巴黎的邮轮,与众多去异邦

王独清：让那悲哀迷了我底心

寻求救国救民知识和真理的青年一起，踏上了留法勤工俭学的道路。

王独清在到达法国之初，担负着为中华工业协会在法国建立联系的任务，然而到了法国，接触当地的华人劳工之后，发现根本无工作可做。加之刚到巴黎，王独清极其兴奋，他租了一辆汽车，任司机带他在巴黎兜风，真是春风得意马蹄疾，一日看尽长安花。潇洒之后，王独清才意识到，来到法国第一天他就把才从同船的来法学生处借来的两百法郎，挥霍殆尽。

另一件对他生活影响很大的事，是在赴法的邮轮上，王独清与一位女子相恋。这女子是当年"只手打倒孔家店"的四川著名革命人士吴虞的女儿吴若膺。当时的王独清在离开长安之前，已由大母做主与当地乡绅之女李少媛成婚，而吴若膺在赴法之前也已有未婚夫——少年中国学会的创始人之一王光圻，当时王光圻正兴冲冲地从德国赶到法国与她相会。所以这场三角恋爱，随着邮轮靠岸，在当时留法学生中已传得沸沸扬扬。王独清在上海时已认识几位少年中国学会的成员，并希望通过在其巴黎通讯社工作以维持生计。王光圻发现吴若膺移情别恋后，便终止婚约，伤心地返回德国，其他少年中国学会在法国的成员，对王独清心生不满，遂与其不相往来。希望通过为少年中国学会写稿维持生计的愿望，也不复实现。

生活还要继续，两手空空的王独清便只能以打零工、借宿、四处借债来维持他在法国的生活。他也尝试去法国工厂找工作，但一战后的法国，经济萧条，失业率奇高，王独清根本找不到工作。偶尔找到一个体力活，比如给人做园丁的工作，但没几天他便支持不住。这位从小养尊处优的贵公子，在法国却时时挣扎于赤贫之中，寄宿于朋友处，或租住在便宜的贫民窟，患上了胃病和肺结核，极大地损害了他的健康。

他在欧洲的学习和研究，也完全是随兴而至，他醉心于哲学，研究康德、黑格尔、弗洛伊德、马克思，沉迷于美术和建筑，他自学了法语、意大利语、拉丁文、希腊文、西班牙语、德语，其语言天赋令人惊叹。

他与法国文坛的名宿法朗士十分熟识，与西班牙作者伊本涅支侃侃而谈，法朗士欣赏王独清的文学见解，鼓励他多开展文学创作。游历德国时，一位哲学教授看了王独清写的一本研究星座学的小册子，极力推荐他攻读博士学位。但王独清丝毫不以为意，文学于他只是为了对抗孤独、自我救赎。

同时，他的恋爱也并不顺利，吴若膺也并未与王独清长相厮守，几次分分合合，最后因吴若膺又恋上别人而以破裂告终。这使王独清深受打击，之后他又几次陷入恋爱，法国、意大利的几位异国女子先后都爱上他，但最终都因种种现实问题，无果而终。

三

王独清诗歌创作的高峰正是他旅欧的六年，日后出版的绝大多数诗作,都写于这一时期。生活上的极端穷困,恋爱上的浪漫与无望,革命前途的迷茫,相互混杂着,让王独清深陷在彷徨、颓丧、消极的情绪之中。经历五四运动狂潮,内心新旧思想激荡的青年,选择漂洋过海留学,大抵抱着两种人生态度:一种是去国外接受新知,培养专业所长,提升救国之能力,以图回国后改变时局;另一种是对国内打不破的黑暗局势感到灰心丧气,希望逃避到另一个社会。对王独清来说,来到欧洲大陆后,显然后一种人生态度占了上风。如此心情,正与发源于法国,其时正蔓延风行于欧洲文坛的象征主义,十分契合,所以不难理解,王独清的诗歌创作为何偏向象征主义。

同时,王独清那位深具艺术家气质的父亲,童年时代对他的言传身教,又让他性格中有挥之不去的浪漫主义特质。所以如今评点民国新诗人,我们总把李金发和王独清都归为象征主义的诗人,但细读他们的诗作,可以咀嚼出王独清象征主义表象下涌动着的浪漫主义的潜流。朱自清1935年编选的《中国新文学大系·诗集》导言中也说:"(王独清)也是倾向于法国象征派的,但王独清所作,还是拜伦式的雨果式的为多;就是他自认为仿象征派的诗,也似乎豪胜于幽,显胜于晦。"

细读王独清的诗作,可以发现三个鲜明的主题:一是爱情诗,在数量上占的比例最大,王独清在旅欧岁月中经历了多段浪漫而凄美的情事,在他之后出版的《我的欧洲生活》一书中对此有详细的描述。

在王独清的笔下,似乎他对每位遇到的女子都深具吸引力，无论是当时一起留法的中国女学生，还是法国、意大利少女，甚至贵族夫人，都对他主动示好，而王独清也极易陷入情网。有时，明知恋情的无望，他依然无法克制。王独清的佳作名篇《玫瑰花》，据说是献给一位与他坠入爱河的房东女儿玛格丽特，这位与小仲马《茶花女》中女主角同名的美丽少女，有着清瘦而略带忧郁的姿容，常常温柔地弹着钢琴伴着王独清在灯下读书。诗人无比温柔地写道："在这水绿色的灯下，我痴看着她，/我痴看着她淡黄的头发，/她深蓝的眼睛，她苍白的面颊，/啊，这迷人的水绿色的灯下！/她两手掬了些谢了的玫瑰花瓣，/俯下头儿去深深地亲了几遍，/随后又捧着送到我面前，/并且教我，也像她一样的捧着来放在口边……"诗句对恋人面貌心理的细腻刻画，读来宛若眼前。

二是景物咏叹诗，旅欧六年，王独清的足迹遍布法国、比利时、英国、瑞士、意大利、西班牙等众多国家，彼时欧洲刚经历一战，他一面陶醉流连于各大博物馆、美术馆和历史遗迹之中，一面也目睹了底层人民的疾苦和各类反帝反资本主义的革命。游历途中，王独清触景生情，时而感叹自身的悲苦、异国的飘零，时而发故国存亡、古今智者哲人同悲的慨叹。其中出色的作品有《圣母像前》、《吊罗马》、《但丁墓前》等。

《圣母像前》是王独清第一本诗集开篇的第一首诗，且用诗名作了诗集的书名，可见这首诗在他心中的地位。全诗由圣母玛利亚想到中国的颜氏女。耶稣与孔丘，一个西方世界的救世主、一个东方世界的圣人，因相似的出身，而发生了关联。这一跨越时空的联想也与诗人的出身和童年的经历形成映照，激发了诗人极大的浪漫主义情绪。他激情万分又满怀悲怆地写道："现在我醒了，醒了：/我眼前的马利亚，我心上的颜氏女！/智慧是由悲哀造成，悲哀，是永远不死！/哦！智慧的寻求者，哦，我！/我要先寻求悲哀去，/我要以悲哀的寻求，为我人生底开始。"

王独清曾两次云游意大利，走遍了威尼斯、罗马、佛罗伦萨等地，留下了不少诗篇。最出名的便是《吊罗马》这首长诗，诗开篇的两句："我趁着满空湿雨的春天，来访这地中海上的第二长安"，目睹古老的遗迹，勾起了诗人的思乡忧国之情，同为千年古都，如今却同样满目衰败颓唐，他在断壁残垣上呼出："过去那黄金般的兴隆难再，/但这不平的山冈，/这清碧的河水，/都还未曾崩坏！/我只望这山河底魂呀，/哦，速快地归来！"

三是发泄愤懑漂泊感的抒情诗。王独清自谓本怀抱革命理想登上欧洲大陆，但在六年的岁月中，他却未做任何实质性的工作，远离政治、远离革命，只做了个冷眼的旁观者。然而对中国命运的忧虑、未竟的革命志向，让他无法成为一个纯粹的诗人或学者。

在两种矛盾情绪的撕扯下，诗歌便成了王独清排遣苦闷的一扇窗口，他吟诵着漂泊、孤独、死亡，"我，我是一个孤独的，一生漂泊的人/还没有完全离去所谓青春的年龄。/正当是孩童时便走出了我的故乡，/就这样，就这样一个人漂泊在四方。/我底生活，完全是，不健全的生活，/我底生活，是尽被无谓的伤感埋殁"。

四

1925年五卅惨案的发生，让王独清受到了极大的震动，当他在咖啡馆里读到五卅惨案的报道，忽然从彷徨和颓丧中苏醒，痛下决心回国参加救国运动。回国前夕，他写下了长诗《动身归国的时候》：

> 唉，还是归去，归去，迅速而不迟疑地归去！
> 难道我对于放荡生活的享受还不满足？
> 虽然我不知道我底故国能不能把我这个罪人接收，但我觉得就在那儿寻辱，也较胜于在这儿尽管勾留！
> 总之那儿虽然快要成了火后的废墟，但究竟是我底故国；
> 我终愿在那儿埋我底尸身，不怕那土地就要变得怎样焦黑！

这首诗中，诗人炽热的忧国思乡之情如火山喷涌，同时一种悲壮也弥漫其间，明知回国后仍是打不破、驱不散的黑暗，他仍毅然决心归去。1925年底，王独清回到上海，并在1926年初见到了同为创造社骨干，但一直未曾谋面的郭沫若、郁达夫、成仿吾等人。诗人一反在法国时的颓丧，积极地活跃于文坛。1926年至1928年可以说是王独清与创造社的蜜月期。

他在这期间陆续出版了六部诗集，单从诗集的数量来说，在星河璀璨的民国诗坛也当属出类拔萃。第一部诗集是初版于1926年12月的《圣母像前》，光华书局出版，彼时王独清刚自欧洲归国。诗集分六辑，收录《圣母像前》、《玫瑰花》、《我从Café中出来……》、《吊罗马》等26首诗。1927年1月的《狂飙周刊》还专为该诗集刊发了广告词："独清先生的诗，他的作风，思想，都是值得令人重视的。这是他流浪在法兰西、意大利之间所讴吟的集子。在这里充满了热烈但是又悲哀的气息，他的和谐而浏亮的调子，更非近来一般新诗作家所可企及。此书印刷装订，都精雅美观，与内容相称。"1927年，由创造社改版《圣母像前》，归入"创造社丛书"之一，同年王独清的另一部诗集《死前》出版，同样为"创造社丛书"一种。之后他的诗集《威尼市》由江南书店于1929年出版，诗集《埃及人》同年又由上海世纪书局出版问世。其中《死前》一书的装帧极其精美，全道林纸精印的毛边本，封面用一版画，一女子掩面俯身于枯树下，枝头栖一猫头鹰，背景是繁星、大河和零落的黄叶。诗集目录前，有王独清的一幅素描小像，落款缩写"y. t"，小像下印有"贻德作"，书中配有多幅插图，也出自同一绘者之手。这位署名"贻德"的画家，其为何人，勾起了我的兴趣。查找了一番资料，终于确认，画家是同为创造社成员的倪贻德。倪贻德（1901—1970），笔名尼特，自幼爱好绘画艺术，1922年毕业于上海美术专科学校，留校任教，1923年参加"创造社"进行文学创作，在文坛上崭露头角，成为后起之秀。受郁达夫的自我抒情小说的影响颇大。

《死前》书影

诗集的出版,让王独清成为了青年人的文学偶像。郁达夫也曾评:"独清的哀歌,是有浓厚的背景存在的,此中语,不足为外人道,知之者大约自能知之。"

紧接着1930年沪滨书局出版了《王独清诗集》,收录了之前已出版的四种诗集,我所收藏的王独清的诗集便是这一诗集的再版本。从版权页显示,这一诗集1930年5月4日出版,短短一个月后便再版加印1 000册,可想见当时王独清诗作的受欢迎程度。有意思的是,书中所收录王独清早期的四种诗集也恰呈现四种不同的风格:《圣母像前》是偏浪漫主义的诗风,《死前》则染上了象征主义的晦暗阴郁,《威尼市》却又完全是一番天然的纯美忧愁,而最后的《埃及人》中的诗作则多了些冷峻的现实主义。

我个人认为从诗的艺术性上来讲,《威尼市》是其中最圆融完美的。整本诗集由一篇代序和十首小诗组成,如一首温柔的小夜曲,读来令人如置身于水城碧绿的柔波中、如水的月光下,耳边不时响起恋人醉人的轻歌,指尖仿佛能触到苍白的脸和温润的泪痕。

1926年3月《创造月刊》上刊发了当时在日本东京大学留学的穆木天的一篇《谭诗——寄郭沫若的一封信》,提出"纯粹诗歌"的概念。随即,王独清响应写下了《再谭诗》,同期发表在《创造月刊》上,可谓正式揭开了"纯诗运动"和象征主义诗歌的序幕。

王独清在文中鲜明地提出了他心目中理想的诗的公式,即:"(情+力)+(音+色)=诗"。"情+力"指的是诗歌的内容,"音+色"则代表形式,他认为两者缺一不可，如果仅有内容而没有形式，则不能称其为诗。他还进一步提出，相较于散文，诗歌的音乐性和韵律是第一要素，他认为将"色"与"音"用在诗歌语言的艺术是"最高的艺术"。这与徐志摩、闻一多等新月派诗人倡导的"新格律派"的思想可谓不谋而合。

所以，音律性自然是王独清诗作的一大特点，他的诗作自成一套独特的格律体系。以他的代表作《我从Café中出来……》一诗为例：

> 我从Café中出来，
> 身上添了
> 中酒的
> 疲乏，
> 我不知道
> 向那一处走去，才是我底
> 暂时的住家……
> 啊，冷静的街衢，
> 黄昏，细雨！
>
> 我从Café中出来，
> 在带着醉
> 无言地
> 独走，
> 我底心内
> 感到一种，要失去了故国的

浪人底哀愁……
啊，冷静的街衢，
黄昏，细雨！

全首分上下两阕，结构、句长完全一致，且首尾皆相同，形成一种回环往复的吟唱。而每一阕中第二句与第五句押韵、第三句又与第六句押韵、第四句又与第七句押韵，形成隔行押韵、连环嵌套的感觉，末尾两句也相互押韵，这种复杂而精致的格律在当时的新诗中是不多见的。郑伯奇评价王独清诗歌的音律性时，也赞叹："诗人的技巧，差不多达到了接近'天籁'的极致。押韵非常错综复杂，读起来觉得句句有韵，节节有韵，而全篇整个又有很圆脱流利的韵在舌端去来……真是水晶珠滚在白玉盘上的诗篇。"

五

其时，郭沫若受刚成立不久的广东大学之邀，准备赴任文科学长。郭沫若于是约请刚回国的王独清同往任教，王独清欣然接受，一同前往的还有郁达夫。于是他们于1926年3月离开上海，去往广州，临行前郭沫若、王独清、郁达夫、成仿吾四人留下了一帧小影，如今被称为"创造社四子"，四人皆表情轻松自如，温文儒雅中透着风发意气，准备到广州开创一番新天地。到达广州后，王独清任文学教授,四个月后,因郭沫若参加北伐,离开广州,王独清便代理了文科学长。同时随着创造社选举了第一届执行委员,王独清任监察委员和出版部总部第一届理事会常务理事,专负编辑之责。

1927年1月鲁迅也到达广州,同样在广东大学(后来改为中山大学)的文学系任系主任兼教务主任,两人有了这一段共事岁月。谁料,三个月后,情势急转直下,"四一二"事变后,广州也被笼罩在大屠杀的阴影中,王独清匆忙逃离广州,途经香港,五月到达上海。诗人用《留别》、《别广东》、《香港之夜》记录下这段经过。不久,王独清接替郁达夫,主持《创造月刊》的编辑事务,直至1928年3月,交由郑伯奇担任主编。

也是在这时,王独清与共产党的成员开始接触,并由此完全改变了他的人生走向。当时中共中央派郑超麟与创造社联系,以争取更多的左翼知识分子,同时在政治上影响创造社。郑超麟与王独清一样曾留法勤工俭学,王独清在法国蒙达尔公学时也与不少当时留法的共产党人相熟,如向警予、蔡和森、蔡畅等,相似的留法经历、共同的朋友,王独清在与郑超麟见面后,两人来往愈加密切。还因为郑的介绍,王独清与汪泽楷、彭述之相识,还见到了陈独秀。王独清以广州起义为题材写成长诗《11 DEC》,曾请郑超麟命名,出版后又送请陈独秀阅读批评。

大革命失败后,陈独秀探索未来革命走向,寻找新的出路,这一过程中他逐渐接受托洛茨基的思想,1930年,陈独秀公开以托派组织在党内开展活动。有关王独清是何时、因何原因加入托派,历史上众说纷纭,郑超麟回忆里谈到当他被捕入狱前,王独清并未正式加入托派,他是在出狱后才听说王独清加入托派的。然而因为托派的政治立场,王独清被创造社其他成员孤立,原来介绍王独清加入创造社的郑伯奇与他决裂,郭沫若也批评他为"王独昏",加之因为托派在国、共两党都不受待见,可以想见王独清当时在夹缝中生存的艰难境地。30年代中期之后,王独清的著作全面被禁,在主流文坛上也几乎噤声,只有零星的翻译和时评在托派刊物上发表。

上海沦陷后,王独清滞留孤岛,1940年,这位从少年时代,就以文学与革命为志业的才子,在浓重的黑暗和绝望中,患伤寒症而在贫病中离世。

行文至此,掩卷沉思,总觉得王独清的悲剧性在于一个天生的艺术家却希望成为一个革命者。他那艺术家的才情、敏感、浪漫、唯美、软弱都是与革命者相悖的。然而在那个战火纷飞、革命变革、甚嚣尘上的时代,凡有智识的爱国青年,被动或主动,无不被革命的洪流所裹挟。他怀抱着如今看来近乎天真幼稚的革命理想,在坚硬、曲折、残酷的现实面前,摔得粉碎。到头来,他那诗心,只能是,零落成泥碾作尘,结果"诗人最后只是讴歌在自己曾经的里程碑上"。

但时至今日,诗人之歌,在自己之碑上,在人世间,总留下一瓣诗心,且馨香如故。

妙诗赏读

威尼市（Ⅲ）

我们在乘着一只小舟，
却都默默地相对低头，
这小舟是摇得这般的紧急，
使我心中起了伤别的忧愁。
忧愁，忧愁，忧愁，
我不知道你呀，你是不能挽留。

这河水是泛澜着深绿，
几片落花在水面轻浮：
我们都正和这些落花一样，
或东或西或南或北地飘流，
飘流，飘流，飘流，
我知道你呀，你是不能挽留！

别罗马女郎

我可敬爱的罗马女郎，
你，我将永远不忘！
今晚的我呀，

就要别你这个光荣的故乡!
你底故乡,虽是惹人恋想,
但为了和你相别呀,
我才能这般惆怅,这般惆怅!

我最敬爱的罗马女郎,
我一定是永远不忘!
今夜的景色呀,
却怎么是异常的凄凉!
凄凉,凄凉,我独行在街上,
我想这儿若没有你呀,
这罗马城,怕只是个沙漠的穷荒!

威尼市(Ⅷ)

你这月下的歌声,月下的歌声,
把你底
饶舌的词句
用这样狂热的音调
传来,
在这快要沉静的时间里
使人凝神地听去,
真要感觉到
一种带着不调和的震颤的悲哀……

我，我在夜半的Rio底桥头立定，
接受着这将近休息的Carnaval底歌声。
唵，这真像是住在了梦中，
不过我底前胸，在痛，在痛……

我这月下的歌声，月下的歌声，
把你底
忧郁和放肆
交给这冷风向四面
送扬，
就尽管这样忽高忽低地
诉出许多的往事，
使人底心尖
在这被迫害的摇动中受着重伤……
我，我在夜半的Rio底桥头立定，
沉迷着这就要入眠的Carnaval底歌声。
唵，这真像是堕在了梦中，
不过我底前胸，在痛，在痛……

王独清：让那悲哀迷了我底心

创造社四子（左一为王独清）

王独清（1898—1940），陕西蒲城人。生于没落的封建官僚家庭。1913年考入三秦公学学习英文。16岁开始撰写杂文和政论文章。后被《秦镜日报》聘为总编辑。1915年离家到上海。不久，东渡日本，开始接触外国文学。两年后返回上海，任《救国日报》编辑。1920年赴法国留学，并研究和考察欧洲古典建筑艺术。1925年底回国，1926年去广州，经介绍加入创造社，后任理事，并主编《创造月刊》，为该社后期主要诗人之一。任广东中山大学文科学长。1929年9月，任上海艺术大学教务长，1930年主编《开展月刊》。1937年回到故乡。1940年在上海逝世。作品以诗见长，技巧上受象征派影响，内容上则浪漫主义色彩浓厚，蕴藏着颓废哀伤气氛。

著作书目 《圣母像前》（诗集），1926，光华
　　　　　　《死前》（诗集），1927，创造社

《杨贵妃之死》(话剧),1927,上海乐华图书公司

《前后》(散文集),1928,上海世纪书局

《威尼市》(诗集)1928,创造社

《独清诗选》,1928,新宇宙书店

《埃及人》(诗集),1929,江南书店

《ⅡDEC》(诗集),1929,创造社

《貂蝉》(剧本),1929,江南书店

《独清诗集》,1930,泸滨书店

《暗云》(短篇小说),1931,光明

《我在欧洲的生活》(传记),1932,光华

《锻炼》(诗集),1932,光华

《独清文艺论集》(论文),1932,光华

《零乱草》(诗集),1933,上海乐华图书公司

《长安城中的少年》(传记),1933,光明

《独清自选集》,1933,上海乐华图书公司

《独清三种》(杂文集),1934,长安出版社

《王独清诗歌代表作》,1935,亚东

《如此》(散文集),1936,上海新钟书局

《王独清创作选》(诗歌、小说、散文),1936,上海仿古书店

《王独清选集》(诗歌、戏剧、小说、散文集),1937,中央书店

翻译书目 《独清译诗集》,1929,现代
《新生》(诗集),意大利但丁著,1934,光明
《新月集》(诗集),印度泰戈尔著,1935,上海大新书局

1944年北平新民印书馆初版《水边》

若高山流水:诗人废名

一

偶读到巫鸿在《读书》上的文章,记述他因疫情滞留普林斯顿,着手开始写他的一本有趣的小书《穿衣镜全球小史》。镜子这个生活中的日常物件,却一直是艺术家、文学家的宠儿,《红楼梦》中曹雪芹便以风月宝鉴,将理想世界与现实人生勾连,真假虚实、亦幻亦梦。想到这里,忽然记起民国诗人中,也有一位在诗作中钟情于呈现镜子这个意象的诗人,他就是废名。

废名是新文学史上一个独特而寂寞的存在。他22岁时便在胡适的《努力周刊》、林语堂的《语丝》上发表小说,小说风格特异、内容玄奥,很有些意识流的风格,但在当时的民国文坛,之前从未有人如此写小说。尽管年纪轻轻便已在文坛获得关注,但废名的性情执拗、率真、淡然,他的文学追求也偏向于自省和纯艺术,注定曲高和寡。朱自清曾言废名是用作散文的方式写小说,而我觉得废名的小说透露的更多是一种诗化的语言，洋溢的是一种诗的意象和情绪。正如最了解废名的苦雨斋老人周作人所说的，"废名君是诗人，虽然是做着小说"。

确实，废名的新文学启蒙便是诗歌，当时还在湖北武昌的废名因为读到周作人的新诗《小河》，如痴如醉，深陷其中，便开始尝试用白话文创作诗歌，并把诗稿寄给北大教授周作人，由此开始了文学生涯。

在我看来在废名的文学道路上，他也始终以一个诗人的姿态写小说、作散文、搞学术研究。常有人觉得废名的作品晦涩难解，理解废名本质是一个诗人，也许就能找到打开废名文学园地的钥匙。

二

废名原名冯勋北，字焱明，号蕴仲，学名冯文炳，1901年生于湖北黄梅一个小康书香之家，父亲、兄长都以教书为业。废名由湖北武昌省立第一师范学校毕业后曾任教于武汉小学两年。

周作人在《怀废名》一文中记叙了与废名相交的过程："在他来北京之前，我早已接到他的几封信，其时当然只是简单的叫冯文炳，在武昌当小学教师。"也许是与周作人的通信，让年轻的废名生出了北上求学的想法。1922年他考入北京大学预科，两年后正式升入英国文学系，成为周作人的弟子，从此常常出入苦雨斋。周作人描述废名的样貌形状,"废名之貌奇古,其额如螳螂,声音苍哑,初见者每不知其云何"。

周作人四位弟子,俞平伯、沈启无、江绍原、废名,他对废名的提携和关照可谓最深。废名的性情和思想与苦雨斋老人最为契合。废名的大部分著作,都由周作人作序推荐,废名困顿漂泊时还曾寄居在老师处。抗战结束后,周作人下狱,废名仍不避嫌,往南京探望老师,可见两人山高水长的师生情谊。

除了周作人之外,废名在文学上的另一重要的引路人则是胡适。废名中学时,老师在课堂上讲的第一首白话诗就是胡适的《蝴蝶》,他起初并未觉得这首诗有多好,但之后则渐渐觉出了胡适倡导的白话新诗的魅力。于是废名把胡适《尝试集》中所有的诗一读再读,每首都可以倒背如流。

废名在北京大学读预科期间,便是在胡适主编的《努力周刊》上发表了他最初的诗文,由此引起了关注,22岁的废名正式进入文坛。1922年10月,废名的诗《冬夜》、《小孩》发表在《努力周刊》第23期,署名还是冯文炳,这应是废名最早发表的白话诗。同一时期,废名还连载了多篇短篇小说,《柚子》《讲究的信封》《我的心》等,之后多结集收录到他的短篇小说集《竹林的故事》,为新潮社文艺丛书之一,由周作人作序。

废名在北京大学就读期间,张作霖入京,下令将北京大学、北京师范大学等9所院校合并成为"京师大学校",引发师生和教育界的极大反对,废名也因此失学了一年。

因没了学校的住处，废名开始了卜居西山正黄旗村的生活。后来北京大学恢复，废名复学，但仍不时在山中过冬。山居生活期间废名大量阅读莎士比亚的作品、《堂吉诃德》和李义山的诗，还开始习佛修禅，这段半隐居式的生活给废名的文学创作风格带来了很大的影响。

1929年废名由北京大学毕业，经周作人推荐开始在北京大学英文系担任助教，并与冯至一起合编《骆驼草》。直至抗日战争全面爆发，废名遂回到黄梅，辗转在多所中学任教。抗战胜利后，经俞平伯、朱自清向汤用彤推荐，废名被聘为北京大学副教授，他于1946年又重返北大执教。

废名在北大的教学风格，素来以个性不羁著称，他的学生回忆起废名在课堂上讲鲁迅的《狂人日记》，开始就说，"我比鲁迅了解《狂人日记》更深刻"；在提起自己小说中的精彩句子时则自带一种洋洋得意的神情。废名很喜欢评点学生的习作，和学生聊起文学，没有丝毫架子，一派天真诚挚。

周作人将废名在北京的文艺生涯划分为几个阶段，第一阶段是《努力周刊》阶段，以《竹林的故事》为代表；第二阶段则是《语丝》时代，成绩是小说《桥》；第三阶段则是《骆驼草》，产物则是带自传色彩的《莫须有先生》；第四阶段则是《人间世》和《明珠》，以《读论语》等一些散文和杂谈为主。

一直觉得废名在初涉文学创作时，小说风格有鲁迅的痕迹，散文杂文与周作人一脉相承，而新诗的启蒙则来自胡适。难能可贵的是，废名从这些新文学大师身上汲取养分，并很快形成了自己的风格。尽管这一风格，注定是一条孤独的窄路，他却沉浸其间，享受着这种寂寞，不妥协地做一个异数。

三

废名生前只出版过一本诗集，是与友人合著的，那便是初版于1944年1月的《水边》。当时，正是抗战末期，开元（即沈启无）将废名诗16首与其自作合为一集付梓，共收诗33首。

《水边》由北平新民印书馆印行，32开本，书装极为简洁，是抗战时期力求节约的风格，本白的封面上只有赭红色的边框，边框内印大红色的"水边"二字，下面则印有废名、开元两位作者的名字。《水边》出版之时，废名早已离开了北平，所以诗集是由朱诞英和沈启无一起编选的。

读到废名的第一首诗是《妆台》，是一首以镜子这一意象贯穿前后，读了让人久久难忘的小诗：

> 因为梦里梦见我是个镜子，
> 沉在海里他将也是个镜子，
> 一位女郎拾去，
> 她将放上她的妆台。
> 因为此地是妆台，
> 不可有悲哀。

镜子是这首诗重要的意象，诗从梦境开始，诗人便直接地将自己喻为一个镜子，接着是镜子沉入海底，有一种殉道献身的意味，而后面几句，则描写女郎拾起镜子，沉入海底的镜子被小心地放上女子的妆台，仿佛美丽爱情故事的一个侧影。最后两句则是整首诗的诗眼，"因为此地是妆台"一句与起首句的"因为"呼应，同时也点诗题，而"不可有悲哀"一句则用否定语句，反让全诗弥散一种淡淡的哀愁。读者不禁会想，为何会悲哀，是捡拾了镜子的女郎有哀伤之事，抑或化身镜子的我有难言的悲哀呢，还有这哀伤是梦境与现实的落差，毕竟诗开首便言及这是梦境。这首诗极具想象力和空间跳跃感，初读觉得难解，不知诗中想表现什么，但却还是会被诗中独特的美感所吸引，再读之后便会生出无穷的解读可能。这也许就是废名诗的魅力，朱光潜就这样评价他："废名先生的诗不容易懂，但是懂得之后，你也许要惊叹它真好。"

废名在他的《新诗讲义》中，谈到自己的诗时，首先挑出的就是这首诗，还提到了选这首诗的缘由，"那时是民国二十年，我忽然写了许多诗，送给朋友们看。有一天有一人提议，把大家的诗，一人选一首，拿来出一本集子，问我选哪一首。我不能作答，不能说哪一首最好。换一句话说，最好的总不止一首，不能割爱了。林庚从旁说，他替我选了一首《妆台》。他的话大出我的意外，我心里认为我的最好的诗没有《妆台》。然而我连忙承认他的话。这首诗我写得非常之快，只有一二分钟便写好的"。

林庚是废名的好友，先考入清华大学物理系，后转中文系，毕业后留校任教。林庚的父亲林志钧是著名法学家和哲学巨擘，与沈钧儒同为癸卯科举人，辛亥革命前留学日本，曾任北洋政府司法行政部部长，后为清华研究院导师，也是闽派著名诗人。

林庚因家学渊源，有极深厚的旧体诗词功底，但林庚在清华求学期间便钟情于白话新诗。1933年秋他出版了第一本自由体诗集《夜》，由俞平伯为之作序，1934年以后，他又尝试格律体的新诗，先后出版了《北平情歌》《冬眠曲及其他》。

林庚结识废名，后来又将朱英诞介绍与废名相识，三人便经常在一起讨论新诗。废名在《新诗讲义》中对林庚和朱英诞的诗歌都有评点，他认为林庚的新诗是很有分量的，"因为他完全与西洋文学不相干，而在新诗里很自然的，同时也是突然的，来一份晚唐的美丽了。而朱英诞也与西洋文学不相干，在新诗当中他等于南宋的词"。

对《妆台》这首诗，废名有他自己的解读，他说："当时我忽然有一个感觉，我确实是一个镜子，而且不惜于投海，那么投了海镜子是不会淹死的，正好给一女郎拾去。往下便自然吟成了。两个'因为'，非常之不能做作，来得甚有势力。'因为此地是妆台，不可有悲哀'，本是我写《桥》时的哲学，女子是不可以哭的，哭便不好看，只有小孩子哭很有趣。所以本意在《妆台》上只注重在一个'美'字，林庚或未注意及此，他大约觉得这首诗很悲哀了。我自己如今读之，仿佛也只是感得'此地是妆台，不可有悲哀'之悲哀了。其所以悲哀之故，仿佛女郎不认得这镜子是谁似的。奇怪,在作诗时只注意到照镜子时应该有一个'美'字。"

从废名对这首诗的阐释来看,他在写这首诗时,不是刻意为之,甚至不觉得多好,因为是情绪所至脱口成章的。诗人并没有刻意营造哀伤的氛围,也没有铺陈爱情故事,而是日常所思所想之自然流露,代表着诗人哲学美学的积淀。但当林庚提出喜爱这首诗,提出诗中吸引他的悲哀之音时,废名忽然对自己的诗有了一种领悟,重新发掘了这首诗更丰富的意蕴。这也许就是文学的生命力,作品在作者创作完成后,会因读它的人而被不断发掘、延伸,生成无穷的可能吧。

四

废名常被称为禅意诗人,朱光潜这样评价他:"废名先生富敏感而好苦思,有禅家与道人的风味。他的诗有一深玄的背景,难懂的是这背景。"朱先生所说的"深玄的背景"正是废名在诗歌中,创造性地将佛理、禅趣与人生哲学融为一体,这一特征在他的小说、散文中也都有体现,但诗歌则成为他表达的最佳载体。

这与他的成长和人生经历是分不开的。废名的家乡,湖北黄梅县本就是禅宗繁盛之地,自唐代以来,黄梅就是禅宗圣地,有"四祖正觉禅寺"和"五祖禅寺"两大禅宗祖庭。禅宗六位祖师中,四祖道信、五祖弘忍、六祖慧能都曾在该县修行并传承衣钵,黄梅堪称禅宗发源地。可以想见,废名青少年时代便已接触到禅宗佛理。废名的母亲岳氏,也一直笃信佛教,之后更是皈依佛门,法号还春。废名在北京西山隐居时就曾阅读佛学典籍,显露出对禅理的兴趣,之后华北局势日益紧张,抗日战争和救亡图存令废名感到越来越无法沉浸于纯然的文学创作之中,而这时佛学禅宗成为他精神世界的寄托,成为乱世中智慧者的修行。他在卢沟桥事变之前,便把妻女由北京送回老家,自己也搬到喇嘛庙里居住。在抗战中,他坚持完成了佛教研究著作《阿赖耶识论》。

废名的文学观与禅宗思想是契合的。收录在《水边》的16首诗及废名传世并不多的共30多首诗中,禅意的诗作占据了相当大的比例。令我印象深刻的有收录于《水边》诗集里的《十二月十九日夜》:深夜一只灯,/若高山流水,/有身外之海。/星之空是鸟林,/是花、是鱼,/是天上的梦,/海是夜的镜子。/思想是一个美人,/是家,/是日,/是月,/是灯,/是炉火,/炉火是墙上的树影。/是冬日的声音。

这首诗应是废名当时流传较广的代表作,他在北京大学的学生汤一介在半个多世纪后回忆起老师时,仍记得当年初读这首诗的触动,"我记得,在1947年我读这首诗,我就喜欢了它。为什么?说不清,是韵律,是哲理,是空灵,是实感,也许都是,也许都不是,总之说不清。可是这首诗也许是我至今唯一依稀记忆的一首现代诗"。

整首诗似乎是一连串跳跃的意象,这些意象是废名在诗中极爱使用的,只是在一首不长的诗中,要融汇如此多的意象，而且要流畅自然，又有诗意，并不容易。诗的起首句以"深夜一只灯"，开始就营造了一种参禅的氛围，"身外之海"一句则打破了物理的界限，之后便是诗人思绪想象的无尽延展，肉身虽仍在深夜的斗室，而精神已遨游星空大海。接着诗人用几个绝美的比喻，星空如天之梦境，海如镜倒映夜空，思想如美人，串起一系列意象。而最后又以灯、炉火、墙上的树影将视野重新拉回现实世界，回到又一个冬夜。读着诗，能感受到语言随着思想在自由地跳跃，情景合一，无拘无束，信手拈来。卞之琳曾品评废名的诗："自有些吉光片羽，思路难辨，层次欠明。"事实上，他的诗看似没有逻辑，只是随着思绪蜻蜓点水地跃动，但是却恰恰体现了一种禅的逻辑。它以心为起点，又以心为归宿。

卞之琳果然是废名在诗歌上的知音，评点相当精妙，是真正能理解废名诗意之人。废名有一首《寄之琳》，写得也非常有韵味：

> 我说给江南诗人写一封信去，/乃窥见院子里一株树叶的疏影，/他们写了日午一封信。/我想写一首诗，/犹如日，犹如月，/犹如午阴，/犹如无边落木萧萧下，——/我的诗情没有两片叶子。

卞之琳1929年进入北京大学英文系，1933年毕业。而废名自30年代开始便在北京大学首开新诗课，卞之琳是否听过废名的课，不得而知，但两人对彼此的诗都是欣赏的。1937年卞之琳从青岛回北京，就曾借住在废名的家里。废名《谈新诗》中，选了卞之琳的诗11首，为所评点诗人之最，可见他对卞诗的喜爱。

卞之琳当时所作的现代诗，也常被认为晦涩难懂。他与废名都是白话新诗由萌芽向成熟转折的重要代表人物，只是诗歌创作的基调和路数完全不同。卞之琳作诗是出了名的苦心经营、精雕细琢，而废名作诗则是涉笔即成，自然天成。卞之琳倾心于形而上的哲学思辨，废名则纯然是禅意的机锋。卞之琳等其他现代派诗人的诗大多源于西方哲学、诗学启发，而废名的诗意则是植根于中国传统思想体系之中的。尽管如此，两位诗人在新诗创作上，锐意求新，不从流俗的艺术境界则是相通的。

五

废名的小说《桥》中有一句话，让我印象深刻，小林赞赏细竹说："厌世者做的文章总美丽。"废名的小说往往没有什么情节故事，每个人物似乎也都是作者某一自我的投射，都是作者的分身。所以小说中人物常透露的喜爱莎士比亚、钟情李义山诗、参禅悟道的情节，都可以视为作者由人物之口表露自己的哲学观。朱光潜说废名的小说："也许正因为作者内心悲观，需要这种美丽来掩饰，或者说，来表现……而他在这些作品里所见到的恰是'愁苦之音以华贵出之'。"在我看来，废名诗作的内核诚然是寂寞的，却以美丽精巧的诗境来呈现。

废名喜爱六朝文学和李商隐、温庭筠的诗，在新诗创作上自然也受到温、李的影响。温、李的诗，在绮丽幻美的意境下，潜藏着的则是诗人在乱世中无奈沉浮的悲凉之音，现实越是愁苦，笔触越是华美。废名的语言并没有如温、李那样的香艳瑰丽，而是一种澄澈静美，以这一静美的世界来对抗现实的残酷。如，《掐花》一诗中的最后一句，"此水不见尸首，/一天好月照彻一溪哀意"，如此唯美静谧，却又如斯悲凉；又如《街头》一诗中，诗人给街道上的日常景物，邮筒、汽车、号码牌，皆披上一层寂寞之雾，只因由寂寞之眼观之，万物皆是寂寞。香港文学史家司马长风则称废名之诗"洋溢着凄清夺魂之美"。

除了美与哀伤的风致，废名善于在诗中表现瞬间的情绪，在他的诗中常能捕捉到一种灵光的闪现。如他在《飞尘》中写道："虚空是一点爱惜的深心。/宇宙是一颗不损坏的飞尘。"诗人眼中，无情是因为用情至深，宏大与微小只是相对，所谓永恒只是此时。《夏晚》一首中，诗人写道："我把我的心一行行写成字，/再把字一个个化成灰，/其时漏钟三响，/细雨吱吱不住。"用漏钟三响，忽然之间有了时光凝住之感。

六

除了诗歌创作，废名还是一位卓有建树的新诗理论家,他初在北京大学执教,讲授"现代文艺"课,便给学生开讲新诗。他于1934年发表《新诗问答》一文,从那时开始便探索和思考中国新诗的真谛和出路问题。

30年代中期正是白话新诗理论争鸣的高峰期,关于新诗与旧体诗的区别、新诗的格律化、新诗的现代性、新诗西化、新诗的现实性与艺术性之争等诸多问题,在众多文学杂志和诗刊上引发广泛激烈的讨论甚至论战。胡适、闻一多、李健吾、卞之琳、朱光潜等多位文学巨匠都参与其中,可谓民国新诗的盛景。只是随着抗日战争的全面爆发,各所大学纷纷搬迁西南大后方,多数诗刊也都难以支撑,被迫停刊。于是关于新诗的理论探讨自然无疾而终。

废名的《谈新诗》出版于1944年,由他的学生黄雨根据废名讲课时的讲义编成,同样由周作人作序,于1944年11月由北平新民印书馆出版。《谈新诗》最初只有12章,由于其时北平正处于沦陷之中,此后沦陷区文学也长时间不被注意,知者甚少。1946年北京大学复校后,废名由家乡黄梅返回北京大学任教,又续写了4章,生前亦未公开发表。直至1984年,人民文学出版社将前后两部分收集在一起,连同废名1934年发表的《新诗问答》一文,再度以《谈新诗》为名出版,废名的新诗观念才为人所知。《谈新诗》是民国诗坛为数不多的白话诗理论著述,且从中我们可以观察到废名作为诗人,对其他同时代诗人的点评,它的学术和史料价值不言而喻。

废名在这册《谈新诗》里重点谈了17位诗人的作品,其中包括胡适、沈尹默、刘半农、鲁迅、周作人、康白情、冯雪峰、潘漠华、应修人、汪静之、冰心、郭沫若、卞之琳、林庚、朱英诞、冯至、废名,而在第13章谈卞之琳的《十年诗草》中,废名还谈了自己编选一册《新诗选》的想法:"中国的新文学算是很有成绩了,因为新诗有成绩。五代的词人编有《花间集》,南宋的词人编有《绝妙好词》,成为文学史上有意义的两部书。我们现代的新诗也可以由我们编一本新诗选了,它可以在文学史上成为一件有意义的工作。是的,我们新诗简直可以与唐人的诗比,也可以有初唐盛唐晚唐的杰作,也可以有五代词、北宋词、南宋词的杰作,或者更不如说可以与整个的旧诗比,新诗也有古风有近体,这不能不说是一件盛事。我劝大家不要菲薄今人,中国的新诗成绩很好了。"

废名新诗观念的要点,是在对比和区分新旧诗的基础上,辨明和重新确立新诗的本体:"如果要做新诗,一定要这个诗是诗的内容,而写这个诗的文字要用散文的文字。已往的诗文学,无论旧诗也好,词也好,乃是散文的内容,而其所用的文字是诗的文字。"

废名的这一观点,并不好理解,何为诗的内容,何为散文的语言,每个写诗的人似都会有不同的见解。要理解废名诗观,离不开当时民国诗坛两大新诗的主要流派。一派是以胡适为代表的强调新诗的白话性,即从语言形式上区别于旧体诗;另一派则是以新月派为代表的新诗格律派,认为新诗采用白话的同时不能失却音律性。然而,废名对这两类新诗观念都不能完全认同,所以他说"朝着诗坛一望,左顾不是,右顾也不是",他认为胡适倡导的白话诗运动虽然确立起"修辞立其诚"的方向,却由于把白话诗的认识重心更多放在"白话"上,忽视了"诗"的味道,而"新月派"的格律诗路线则背离了新文学与新诗借以发生的历史动机,有可能在外在形式的讲求中重新回到旧诗只有"诗的文字"而无"诗的内容"的老路。

另一方面,废名的新诗观,离不开他的老师周作人。废名的新诗观与周作人对新诗的态度,有共通之处。周作人曾言:"本来诗是'言志'的东西,虽然也可用以叙事或说理,但其本质以抒情为主。"而对于诗的写法"则觉得所谓'兴'最有意思,用新名词来讲或可以说是象征"。这与废名提出的"诗的内容",新诗贵在"诚"、"鲜活"、"有生气",实质是相似的。

惜废名生前并不出名,乃或让人淡忘,直至死后,其文学造诣,才慢慢放出异彩。这对文坛来说,不能不说是件遗憾的事。

早在1936年,李健吾便预言废名的作品具有"像海岛一样永久孤绝的命运",不过他又说:"无论如何,一般人视为隐晦的,有时正相反,却是少数人的星光。"

的确,废名的声音在当时的民国文坛和革命文学的滚滚洪流中,注定微弱而不合时宜,但他具有的独立精神和自由人格,却一如寒夜中的星光,微亮而恒久地闪烁着,温暖着一个又一个时代里寂寞而独特的灵魂。

妙诗赏读

夏晚

天上乌云密布,
我在地旁,
鱼在池中,
没有谁知道。
我把我的心一行行写成字,
再把字一个个化成灰,
其时漏钟三响,
细雨吱吱不住。

飞尘

不是想说着空山灵雨,
也不是想着虚谷足音,
又是一番意中糟粕,
依然是宇宙的尘土,——
檐外一声麻雀叫唤,
是的,诗稿请纸灰飞扬了。
虚空是一点爱惜的深心。
宇宙是一颗不损坏的飞尘。

宇宙的衣裳

灯光里我看见宇宙的衣裳,
于是我离开一幅面目不去认识它,
我认得是人类的寂寞,
犹之乎慈母手中线
游子身上衣,——
宇宙的衣裳,
你就做一盏灯罢,
做诞生的玩具送给一个小孩子,
且莫说这许多影子。

废名（1901—1967），原名冯文炳。中国现代著名作家、诗人。生于湖北黄梅，家境殷实，自幼多病，童年受传统私塾教育，13岁入学黄梅八角亭初级师范学校。1917年考入国立湖北第一师范学校，接触新文学，对新诗着迷，立志"把毕生的精力放在文学事业上面"。毕业后留在武昌一所小学任教，其间开始与周作人交往。1922年，考入北京大学预科英文班，开始发表诗和小说。在北大读书期间，广泛接触新文学人物和团体，参加"浅草社"，向《语丝》投稿。1927年，张作霖下令解散北大，改组京师大学堂，废名愤而退学，卜居西山，后任教成达中学。1929年，废名于重新改组的北平大学北大学院英国文学系毕业，受聘于北大中文系任讲师。次年和冯至等创办《骆驼草》文学周刊并主持编务，该刊物共出刊26期。此后教书，写作，研究学问，抗日战争期间回黄梅县小学任教，写就《阿赖耶识论》。1946年由俞平伯推荐受聘北大国文系副教授。1949年任北大国文系教授。1952年调往长春东北人民大学（后更名为吉林大学）中文系任教授。1956年任中文系主任，先后被选为吉林省文联副主席，吉林第四届人民代表大会代表，吉林省政协常委。1967年10月7日，因癌症病逝于长春。废名曾为语丝社成员，师从周作人，在文学史上被视为"京派文学"的鼻祖。1925年出版的《竹林的故事》是他的第一本小说集，其后，相继创作有长篇小说《莫须有先生传》(1932)、《桥》(1926—1937)、《莫须有先生坐飞机以后》(1947)(后两部都未完成)，以及短篇小说、散文、诗歌若干，且后三者皆有极高的造诣。

废名的小说以"散文化"闻名，将六朝文、唐诗、宋词以及现代派等观念熔于一炉，并加以实践，文辞简约幽深，兼具平淡朴讷和生辣奇僻之美。

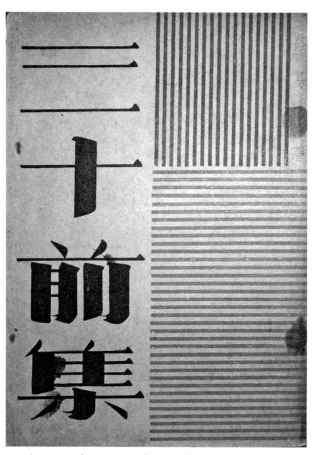

1945年4月上海诗领土社初版《三十前集》,为该社丛书第一种

让我的诗去航时间的大海吧：
诗人路易士

一

喜欢台湾现代诗的日子，曾读到过这样几句诗"当我的与众不同，/成为一种时髦，/而众人都和我差不多了时，/我便不再唱这支歌了"。诗的题目是《不再唱的歌》，简洁明快的语言，鲜明独特的个性，霎时间击中了我。我曾把这句诗抄在笔记本的扉页上，也由此记住了作者，诗人纪弦。

当时并未对诗人生平产生太多兴趣，只粗略地了解纪弦与郑愁予在50年代创办《现代诗》季刊，开台湾现代诗的先河。直到多年之后，为我所收藏的民国绝版诗集，翻查民国诗人资料，才恍然发现，台湾诗人纪弦便是民国诗人路易士。路易士这个名字如今已鲜为人知，但在当时的民国诗坛，他却与戴望舒、施蛰存同为现代派的代表人物，也是上海沦陷时期孤岛文学的当红作家。

初读路易士时,发现在1945年之后,他便没有任何诗作文章问世,以为他如民国时风靡一时的小说家无名氏一般,放弃了文学创作。谁知他竟在现代派诗人星散后,于海岛一隅保留诗的火种,开垦了中国现代诗的另一片新鲜园地。他顽固倔强地一生以诗为志业,民国诗坛群星璀璨,但若论诗歌创作的时间跨度之长,诗作数量之丰沛,对现代诗之热情,个性之特立独行,诗人纪弦在民国诗坛可谓独步。

二

诗人路易士本名路逾,1913年4月27日出生于河北清苑。父亲路孝忱,字丹浦,陕西西安人,早年留学日本,并加入同盟会,从日本士官学校毕业后,在袁世凯治下任云南陆军第一师参谋长。路易士在自述中曾这样描述父亲:"父亲是身经百战、威镇遐迩的大将军……慷慨悲歌,不可一世。每战辄胜,所向披靡,身先士卒,贼胆为寒。"

1921年,路孝忱任中华民国政府(广州)总统府参军,后陈炯明叛变,他奉命任中央直辖山陕讨贼军总司令,率所部子弟兵山陕军三千人,由簸箕村誓师出击,大破叛军,解广州之围。1923年,路孝忱任国民党本部军事委员会委员,武汉卫戍司令部参谋长,直至1932年在征战军旅途中逝世,可谓一生戎马。

由于父亲的革命和征战,孩童时代的路易士便已随着父母辗转各地，在12岁定居扬州之前，他在云南、上海、香港、北平、武汉、广州都短暂生活过。在北平，家里请了塾师给他启蒙，在上海，入小学接受新式教育，在香港，则进过教会学校，但他自认为并未从这些断续混杂的教育中受益开蒙，只是这段颠沛的幼年生活给他的性格打上了漂泊的烙印，使他以后的人生不惧远航，永远怀抱着在路上的姿态。诗人还自述，幼年时代的迁徙使他迷恋上了海，"只有海，给我以繁多的梦幻的喜悦。在香港，我受的是海的教育，海教育了我。海捏塑了我的性格，海启发了我的智慧。海是我的褴褓时代的保姆，海是我的幼少年时代的先生"。

这不免令我想起另外两位民国诗人也描述过儿时记忆中所钟爱的自然意象，少年时代爱在南京城看云的宗白华、幼时在烟台长大同样热爱大海的冰心。幼时记忆中对某一自然意象的偏爱，是否会根植于一个人成年后的创作，尚无定论，但无论是路易士还是后来的纪弦，海，确实成为他一生书写的对象。

1924年，一家终于结束了之前漂泊辗转，定居在了扬州，路易士在那里度过了他最安逸和优游的少年时光，并一生怀念扬州，称那里为他的故乡。他在当地有名的第五师范附属小学就读，两位国文教师刘乐渔和龚夔石先生令他对文学产生莫大的兴趣，开始培养驾驭文字工具的能力。音乐教师储三簌先生，引导他爱上音乐和美术，并定下以艺术为人生志业目标。尽管父亲是位怀抱坚定革命信念的军人，对长子路易士的职业选择，却是相当开明和进步，尽管曾寄望他儿子们"第一学空军，其次学陆军"，而当革命高潮中儿子竟立志于美术时，他却完全不反对，任其职业自由和恋爱自由。就这样，路易士在扬州完成中学教育，先入武昌美术专科学校，并于1930年完婚，后转入苏州美专，继续学习西洋油画。苏州美专是由被誉为"沧浪三杰"的颜文梁、朱士杰和胡粹中于1922年7月共同创办的，是中国最早成立的美术学府之一，路易士就读的时期正是苏州美专的黄金时期。1933年路易士从苏州美专毕业，和几个同学朋友在南京组织"磨风艺社"，并以艺社的名义举办了一次画展，还卖掉了几幅画。当时的路易士，留着一头长发，大领结，一副得意洋洋、踌躇满志的艺术家风范，而和路易士一同结社的同学中，有一位是他妻子的兄长，名为胡金人，他在路易士弃艺从文之后，仍继续油画创作，终成为一名油画家。如果不是路易士之后转向文学创作，诗人可能成为中国早期从事西洋画创作的艺术家之一。

胡金人本名胡传钰，字坚甫，出生于盐商之家，祖籍安徽，但从小就定居江苏扬州，和路易士于1928年暑假前后相识，按照路易士在《纪弦回忆录》中的说法："彼此友情之好，超过所有同学。"

三

我收藏的民国诗集大多只是薄薄的一册，而路易士的

《三十前集》却是厚厚的一本，也算是难得的异数。《三十前集》初版于1945年4月，上海诗领土社出版，为诗领土社丛书第一种，印数为1 500册。

诗集的书装，于抗战物质贫乏时期，算是颇为别致和用心。书封是由路易士的一位友人，也是另一位诗人赵璇设计。整个封面一分为二，左侧用硕大的黑色美术体呈现书名，右侧只用天蓝色的竖线和银灰色的横线构成几何结构，作者的姓名则隐藏在右上角唯一的留白处，不经意间很容易忽略，而封底正中则印着一幅鱼戏莲叶间的剪纸。这一封面设计风格简洁醒目，透着立体主义的意味，灰蓝两种冷色调的交织，与路易士现代主义的诗风也相当契合。

翻开封面，有三页衬页，诗集扉页上印有："三十前集""路易士诗代表作编年""1931—1943"，而最后一页的衬页背面，则印着一帧绛红铜版自画像。从诗集序言中可知是路易士"二十几岁时用硬铅笔和烟草灰描绘了的"，他本是学习油画出身，自画像用干脆而有力的笔触，传神地描绘出诗人瘦削孤高、睥睨一切的神情。

路易士自画像

诗集前有作者的自序，后即为编年诗作，共收诗212首，诗作之后，还有一篇路易士作于1944年初秋的《三十自述》，简略地回顾了诗人生平和诗歌创作历程，而本应在序言后的"目次年表"却放在了书末，显然是作者别出心裁的安排，也可见诗人之反骨。书末还附上了诗人的另一本诗集《夏天》的预售广告，为袖珍诗丛第一种，定价五百元，预售广告词写道："这是路易士先生继其名著《出发》后的最近一年来作品之结集，内容包含诗六十二首，都系精选之作，分为上下两卷，前有自序，后有后记，四十二开袖珍本，全书厚约百页，封面红灰二色印刷，清新雅致，初版千册，即将售完，欲购从速，由诗领土社发行。"书的最后是版权页，显示发行者为诗领土社，地址为上海南市仓街仁吉里十号，定价一千二百元。（诗领土社成立于1944年3月，最初发起人为路易士、董纯榆、田尾、南星、叶帆、石夫和陈孝耕，出版有《诗领土》月刊。）

那时已是抗战后期物价飞涨之时，费孝通曾在一篇文章中提到仅1945年一年中物价就上涨了40%多，而若对比1940年出版的诗集大多是八角至一元不等的定价，五年之后定价就狂飙翻了千倍以上，可见通货膨胀之凶猛。路易士的《夏天》在民国时已绝版，现在已难觅踪迹，而从《三十前集》书后不起眼的预售广告中，我们得以了解《夏天》的一点信息：同样是由诗领土社出版，出版时间早于《三十前集》而晚于《出发》，封面设计是红灰两色，很可能与《三十前集》蓝灰两色的设计风格类似。《夏天》

还是张爱玲喜读的诗集,路易士在《记炎樱》一文中曾写道:"炎樱读过我的诗《人间有美》,那是张小姐从我的集子《夏天》里找出来译了给她听的。她说要在我的集子的下面每一首都给画上一点什么。我说可以。便把随身带着的一本《夏天》签了名送给她,让她画去。"

民国诗集中,按成诗年代编辑的并不少,但如《三十前集》般完全按年代顺序,形成编年诗集的则并不多见,且加上书后的"三十自述",可见诗人是希望以这本诗集为人生前三十年作一个总结。诗集所收之诗,最早的写于1931年,据诗人自述,其第一首诗创作于1929年,但之后觉得写得非常糟,所以诗人自己认可的诗作开始于1931年。诗集目次中还清楚地标出了每年收诗之数量,1931年至1932年只收了6首,而1934年一年就收了51首,之后的1935年、1936年,每年都收诗30多首,可见当时诗人创作激情之丰沛,而后随着时局的动荡、诗人生活之辗转,1937年之后,每年的收诗数量都只在10首左右,但从未中断。

四

民国诗人第一次开始写新诗,其契机,是一个值得探究的问题。胡适第一首新诗缘起于和朋友们一次游船,这曾被引为诗人们的争论;冰心的第一首诗则是因为读了泰戈尔的《飞鸟集》;还有很多诗人,是在课堂上遇到了鼓励他写诗的国文老师,如卞之琳结识了徐志摩,陈敬容遇到了曹葆华;而更多的诗人,乃因青春萌动的爱情,而走入诗的殿堂,路易士,即因恋爱而开始写诗。

17岁的他,在扬州第一次见到了同学胡金人的妹妹胡惠珠(后改名胡明),瘦西湖畔活泼美丽的少女,让路易士一见倾心,发誓此生非她莫娶。之后路易士如愿与初恋胡明成婚,路、胡两家,一为军人官宦之家,一为盐商书香望族,两家联姻轰动了扬州城,更难得的是两人皆享高寿。诗人晚年移居美国后,还自创"月岩婚"来纪念与妻子相濡以沫七十年。

路易士的第一首诗作于1929年,正是他与后来的妻子胡明热恋之时。1930年,诗人自印了他的第一本诗集《易士诗集》,64开袖珍本,横排,70多页,均为格律诗,内容以少年情诗为主,略带浪漫而感伤的色彩。诗集出版后,在上海四马路逛书店时,路易士偶尔买了一本戴望舒的《望舒草》,在回扬州的火车上一口气读完,这种自由体的新诗,给了当时刚开始写诗的路易士很大的震动。他随即在书店订阅了施蛰存、杜衡主编的纯文学杂志《现代》。

《现代》创刊于1932年5月,由上海现代书局发行,主编之一的施蛰存的诗学观点是,"《现代》中的诗是诗,而且纯然是现代的诗。它们是现代人在现代生活中所感受到的现代的情绪用现代的词藻排列成的现代的诗形"。这个观点如今读来显得拗口而纠缠,但已可看出之后围绕着《现代》月刊衍生出"现代诗派"的诗学观点之雏形,即艺术上追求"纯诗",形式上立足"现代性"。《现代》月刊的风格,给正在摸索创作新诗的路易士,打开了一片新的天地,他开始将自己的诗作向《现代》投稿,他的创作热情被点燃,一发不可收拾。

1934年5月号的《现代》上发表了路易士的诗,列于诗选栏目,并无稿费,但这是诗人第一次发表诗作,也是他文坛生活的开始。但是诗人对这首诗并不满意,认为带有"左"倾色彩,因此从来未将它收入任何一本集子中。随后,《现代》9月号又发表了路易士的一首短诗《时候篇》,诗人自述这首诗的发表才引起了一些读者和评论家的注意,得到了好评。这首《时候篇》收录在《三十前集》中,现在读来,模仿李金发的痕迹还是较为明显,可见路易士当时尚在现代诗创作的尝试阶段,自身的风格还未形成。

在给《现代》以及其他的文学刊物投稿之外,路易士开始在文坛结交更多志趣相合的朋友,他常从扬州到上海去拜访施蛰存,在施蛰存的引荐下,路易士参加了上海文艺界的一些活动。1935年春夏之交,路易士在上海江湾公园坊见到刚从法国回来的现代派诗人戴望舒,路易士对戴望舒的印象是,"他脸上虽然有不少麻子,但并不很难看。皮肤微黑,五官端正,个子又高,身体又壮,乍见之下,觉得很像个运动家,却不大像个诗人"。两人相谈甚欢,以后路易士每次去上海,总会去看看戴望舒,有时就在戴家吃饭,一块块切得四四方方、不大不小、既香且烂的红烧牛肉,他最欣赏。有时,戴望舒也会带着他,约上一群朋友到南京路的粤菜馆子"新雅"喝茶。也就是在那个时候，路易士与同为"现代诗派"的徐迟开始相识。在《现代》诗人群中，路易士与徐迟或许最为相惜。徐迟就曾写有一首诗，《赠诗人路易士》，说在纪弦的黑西服的十四个口袋里都藏着诗，并且说，只有当纪弦握住他的手掌，他才能想到自己也能歌唱。然而两人在时局动荡中，终走上不同的道路，尽管政治立场各异，两位诗人在诗歌创作上依然是知己。晚年两位隔绝失联多年的老友，得以诗文频繁互动：1985年，当纪弦出版自选诗第八卷《晚景》，徐迟曾专门去信"对之大为赞美"。1993年，《纪弦诗选》出版，徐迟为之作序，认为这些作品"比现代派之现代派还现代派"，同时还盛赞其"宇宙意识"。1996年12月13日，徐迟在武汉同济医院跳楼自尽，享年82岁。纪弦在美国闻讯后，十分悲痛，当月31日就写下《哭老友徐迟》。

1935年12月路易士出版了自己的第二本诗集《行过之生命》，列为"未名文苑"第二种，由未名书店出版，收录写于1935年8月以前的诗162首。诗集前有杜衡的序，后有施蛰存的跋及作者后记。施蛰存在跋中称路易士的诗"是他自己独特的艺术品……在一切的日常生活中，心有所感，意有所触，情有所激，就写成他的诗了"。《行过之生命》的出版标志着路易士作为现代派诗人的一员，正式在文坛崭露头角。

这一时期的路易士除了诗歌创作的热情高涨外，还积极地投身创办诗刊和诗社，力图形成符合他诗见的创作园地。自1934年至1937年，路易士先后主导和参与创办了多本诗刊,如1934年12月创刊的《火山》、1936年2月创刊的《菜花诗刊》、1936年10月创刊的《新诗》月刊、1936年11月创刊的《诗志》。

这些诗刊大多出了一两期后便由于各种原因被迫停刊,但其中《新诗》办得时间最长,影响力也最大。创办《新诗》时路易士和徐迟各出50块,戴望舒出100块,在上海创办,由戴望舒任主编。《新诗》延续了被停刊的《现代》的诗学主张,一直办了十期之久,最后一期出版于1937年7月,正是七七事变之前。这期间,路易士的诗风日趋成熟,也形成了他一生为之追求的诗学主张,"诗之所以为诗,并不在于押韵与否,形式上的工整,亦非诗的精神所寄。而除了打破格律不押韵,以免以辞害意削足适履之外,则自由诗在声调的控制和节奏的安排上,实较之格律诗更活泼些、更自然些,也更富于变化些……格律诗是形式主义的诗,自由诗是内容主义的诗,自由诗的音乐性高于格律诗的音乐性,诉诸'心耳'的音乐性高于诉诸'肉耳'的音乐性"。

五

张爱玲曾说:"路易士最好的句子全是一样的洁净、凄清,用色吝惜,有如墨竹。眼界小,然而没有时间性、地方性,所以是世界的、永久的。"

张爱玲对诗的评价很罕见,但她对路易士诗风的观点，确相当精准，她还相当坦率地表达对路易士诗作从轻视到喜爱的过程，她曾如此评说：

> 第一次看见他的诗，是在杂志的"每月文摘"里的《散步的鱼》，那倒不是胡话，不过太做作了一点。小报上逐日笑他的时候，我也跟着笑，笑了许多天。在这些事上，我比小报还要全无心肝……但是读到了《傍晚的家》，我又是一样想法了，觉得不但《散步的鱼》可原谅，就连这人一切幼稚恶劣的做作也应当被容忍了。因为这首诗太完全，所以必须整段地抄在这里：——
> 傍晚的家有了乌云的颜色，
> 风来小小的院子里，
> 数完了天上的归鸦，
> 孩子们的眼睛遂寂寞了。
> 晚饭时妻的琐碎的话——
> 几年前的旧事已如烟了，
> 而在青菜汤的淡味里，
> 我觉出了一些生之凄凉。

1936年4月纪弦东渡日本，打算投考美专学习绘画，但在日本生活两个月后，就因生病思乡而回到上海。留日虽只有短短两个月的时间，但在此期间他广泛接触了当时世界文学和艺术的先锋流派，如未来派、立体派、后期印象派、野兽派、达达派、超现实派等，这种文学与艺术交互的冲击，对纪弦后来的诗歌创作产生了很大影响。如果说之前路易士的诗歌创作是在模仿戴望舒、李金发等现代派诗人的风格，由日本回来之后，诗人的风格发生了转变，开始创作一些象征主义与超现实主义相融合的诗，路易士独有的意象和风格也随之形成。不同于李金发的晦涩、邵洵美的唯美象征主义，路易士的诗大多易懂、明快，富于留白和想象。

路易士的诗作大多较短，而且有几首极短的诗，读之令人非常惊警，不禁赞叹诗人想象力之精妙。如他的《月光曲》，全诗只有两句："升起于键盘上的月亮／做了暗室里的灯。"这首诗的灵感来自纪弦的故友姚应才弹奏的《月光曲》，诗人由"键盘"联想到"暗室"，由"月亮"联想到"灯"，以比兴手法和纯粹的意象拓展了诗的意境且升华了诗的寓意，用词简短凝练，读之却令人回味深长。

《三十前集》中最短的诗是作于1937年的《恋人之目》："恋人之目：／黑而且美。／十一月，狮子座的流星雨。"纯粹以意象构成这首短诗，极大的想象空间是短诗的魅力，读这首诗觉得诗人以美人之目喻夜空，流星雨划过夜空又倒映眼眸之中，真是奇妙的想象。

这一时期，路易士还创作了一系列描摹孤岛时期上海、香港、扬州等都市生活的诗作，作为现代诗的实验，他将自己当时寂寥落寞的情绪，投射于日常城市生活的种种场景中。如在《影》中写道："十月的公园的草地上，／摇曳着的是白杨们的影，／静默着的是游椅们的影，／而向着那些半枯了的小草／和生活于草的森林的昆虫们／说着无声的话语的／是我的独自沉思着的瘦削的影。"寥寥数语，一种混合着闲适与孤独的感觉油然而生，但诗的最后一句又透出作者不愿轻易向生活妥协沉沦的意味。与沈从文永远自称"乡下人"类似，路易士认为自己"只是一个小城市的歌者"，他不热爱表达大都市的华丽和宏大，笔下刻画的，都是城市生活夹缝里的迷茫、无助。

路易士诗歌创作的另一个特色体现在一系列或夸张、或戏谑、或新奇的自喻诗，诗人曾先后发表三篇以"鱼"为题的诗，分别是《鱼》、《散步的鱼》、《不朽的鱼》。三首诗中，路易士均以"鱼"自喻，大胆直率地书写道："一尾真实的鱼／游泳着。／／成长于辛烈的烟草之抽吸，／浓郁的咖啡之啜饮，／而且给世界以智慧，使世界智慧。／／情绪的鱼。感觉的鱼。思想的鱼。／／投之沸釜亦从从容容的／一尾坚贞的，不可侮的鱼。"

这三首诗之后，路易士"鱼诗人"的名声在民国诗坛不胫而走。同样在《自画像》一诗中，路易士这样描述自己："平静地躺着的海：／他的额。／海是深邃的，／而额纹乃一成形了的思想之铭镌。／／用一双多忧的眼睛／看雾的明天，／看魔鬼们的活跃，／看不断的迫害，／看阴谋的陷阱，／沉默着。／／沉默地／抽着板烟，／他是一个乌托邦的梦游者。"从诗的艺术角度来看，这些自喻诗的意象过于直白，缺少诗歌的韵味，但却让读者立刻记住了路易士这个"高个子、瘦削、抽着烟斗、拄着手杖而行"的诗人形象，以及诗人想要张扬的"孤独、寂寞、骄傲、理想主义"的精神标签。

让我的诗去航时间的大海吧：诗人路易士

路易士开始诗歌创作的初衷是因为青春爱恋，爱情诗在《三十前集》中所占的比重尽管不多，但不乏精品。其中，我个人最喜爱，读之又读的是两首，一首是《初夏》，另一首是《蓝色之衣》。

《初夏》是一首非典型的情诗，带一点情歌小调的感觉：

> 布谷鸟已经开始在唱
> 她的时新的小调了：
> 我不知道我需要些什么。
>
> 我从静谧的书斋里
> 踱到院中紫藤的浓荫下，
> 然后又痴痴地看看浅蓝的天：
> 我不知道我需要些什么。

整首诗表现了诗人在初夏时节的怅惘，诗中无一句一词写到爱情，但读完，就仿佛听到初夏时节布谷鸟的啁鸣，看到紫藤花开得无比繁盛，一切那样静美，却被一种莫名的淡淡相思和惆怅所左右，百转千回却无人倾诉。

如果说《初夏》中诗人表达的是含蓄的相思，那《蓝色之衣》倾吐的则是缠绵的相思之情。

> 归来呀，待你良久了，
> 想看你蓝色之衣。
> 你也许悲哀于我之苍老，

> 我将说那是江风吹的，
> 我便告诉你几个江上的故事，
> 而你是默默地倾听着，
> 然后我们各自流泪了，
> 而这眼泪又是多么甜蜜的。
> 归来呀，待你良久了，
> 想看你蓝色之衣。

路易士在自述中写道，写这首诗时自己刚从学校毕业，进入社会谋生不久，在一个江边小码头上的中学任教员，周末回到扬州家中，而恰巧刚成婚不久的妻子外出访亲戚了。于是一人在家中等待妻子归来的诗人，便有感而发写下了这首诗。诗之首尾呼应的结构，加深了思念之情。而"蓝色之衣"这一意象，诗人自述是他爱情的源起，也是他诗歌创作的源泉，那是第一次见到妻子时已深深刻入他心底的印象——"我永远不忘她那蓝衫黑裙明眸皓齿微笑着的少女之姿，活泼，美丽，端庄，作为我的十六岁的初恋女，妻给我的第一印象，永远在我心中理想化了。这是我的诗的泉源，一切圣洁中之圣洁……永远在我心中理想化了的圣洁之姿。"

六

诺贝尔文学奖评委中，唯一懂中文的马悦然先生，也钟情于白话诗,他曾评论纪弦的诗相当程度地保留了五四运动的传统。1945年抗战胜利后,路易士将笔名改为纪弦,并离开大陆去了台湾,这之后,他当了三十多年"穷教书匠",在成功中学教授中文直至退休。1953年他在台湾创办《现代诗》季刊,并成立现代诗社,无疑是延续他和戴望舒、徐迟、施蛰存、杜衡30年代在上海的旧梦。尽管当年的老朋友已散落天涯,不再写诗,这个乌托邦的梦游者却硬生生地集聚起了一批台湾新生代诗人。《现代诗》季刊办了数十年,全是由纪弦自掏腰包负担,因为他不希望诗刊属于任何机构组织,纯然追求诗的自由。路易士在40年代细数中国新诗历程时,便写道:"中国新诗,从萌芽时期到成长时期,从胡适等最初的'白话诗',经由'新月派'的'格律诗',而发展到现代派的'自由诗',不过短短20年的时间,就已经有了像这样的收获,谁还能说'五四'以来新诗的成绩最差?对中国新文学作品的考察,人们往往把小说列为第一,散文次之,而以新诗殿后,这是很不公平的。在我看来,简直就是一种偏见或无知。"

路易士有一句诗,"让我的诗去航时间的大海吧"。

这人生的大海,是诗人诗心不老之大海?是诗人当年爱情的大海?是他感受世界变幻不停的大海?……真不得而知。

我想,面对那无垠大海之变幻,人生是那么渺小,就像海边的一粒沙子,面朝白云苍穹,茫无边际,无言相对;那时刻,你也只能随诗人航去的大海,跳动着自己的一颗心!

妙诗赏读

摘星的少年

摘星的少年,
跌下来。
青空嘲笑他。
大地嘲笑他。
新闻记者
拿最难堪的形容词
冠在他的名字上,
嘲笑他。
千年后,
新建的博物馆中,
陈列着有
摘星的少年像一座:
左手擎着天狼。
右手擎着织女。
腰间束着的,
正是那个射他一箭的
猎户的嵌着三明星的腰带。

烦哀的日子

今天是烦哀的日子,
你徒然做了天国的主人,
你说梦有圣洁的颜色,
如爱人天蓝的眸子。
于是你便去流浪,
学一只心爱的季候鸟。
涉过了无穷尽的川河,
越过了无穷尽的山岭,
你终于找到了一片平原,
在一不可知的天蓝之国土。
那里是自由的自由,
你可以高歌一曲以忘忧。
而你将不再做梦——
"如今的天国是我之所有。"

黄昏

又是黄昏时分了。
妻去买米,剩我独自守着
多云的窗。
兵营里的洋号,

吹的是五月的悲凉。
想着沉重的日子。
想着那些伤怀的,使人流泪
的远方。
唉,这破碎了的……
你教我唱些什么,和以什么
调子唱歌!

让我的诗去航时间的大海吧:诗人路易士

纪弦(1913—2013)原名路逾,笔名路易士,当代诗人,现代派诗歌的倡导者。原籍陕西周至,生于河北清苑。

1924年定居扬州。1929年以路易士为笔名开始写诗。1933年毕业于苏州美术专科学校,举办画展。1934年创办

纪弦(即路易士)

《火山》诗刊,翌年与杜衡合编《今代文艺》。1936年支持戴望舒等创办《新诗》月刊,同年创办《诗志》,与《新诗》及吴奔星在北平编辑的《小雅》相互呼应,互登广告,成为当时南北鼎足而三的有影响的诗刊。与徐迟、吴奔星、施蛰存等人友善。此时诗作深受现代派的影响。抗日战争爆发后流转于汉口、长沙、昆明、香港等地,曾任国际通讯社日文翻译,主编《诗领土》。抗战胜利后始用纪弦为笔名写稿。1948年由上海赴台湾,编辑《和平日报》副刊《热风》。1953年创办《现代诗》季刊,发起成立现代诗社,开启台湾现代诗运动,并引发台湾诗坛关于现代诗的一次论争。1974年自台北市立成功高级中学退休,1976年赴美定居。纪弦是台湾诗坛的三位元老之一(另两位为覃子豪与钟鼎文),在台湾诗坛享有极高的声誉。纪弦不仅创作极丰,而且在理论上亦极有建树。他是现代派诗歌的倡导者,他主张写"主知"的诗,强调"横的移植"。诗风明快,善嘲讽,乐戏谑。他的诗极有韵味,且注重创新,令后学者竞相仿效,成为台湾诗坛的一面旗帜。诗人屠岸曾有这样的评论:"我第一次读他的诗大概在敌伪时代的上海。他比我大十多岁,是我前一辈的人了,我和他没有通过信,也没有见过面。他的诗歌属于现代主义甚至是后现代主义,在台湾和海外有比较大的影响。抗战时期,他在上海办过一个刊物叫《诗领土》,当时他的笔名叫路易士。说到这还有一个笑话,他大概知道我这个人也写诗,就派一个人来和我联系,但那天我恰恰不在家。我母亲问他是哪里的,他说是《诗领土》的。我母亲听成了司令部,她就很害怕,说怎么日本宪兵司令部来找我的儿子了?她就说我儿子不在这里,《诗领土》的人就没再和我联系过。纪弦的诗总的来说,我读得不多,我感觉他的语言有一些新的东西,不是很传统,是一种现代主义的风格。"

1929年北新书局初版《良夜与恶梦》

从"骆驼草三子"说起
——石民的《良夜与恶梦》

一

石民的《良夜与恶梦》,1929年由北新书局出版,32开本,仅印两千册,收录新诗、散文诗47首,其中译诗6首。此诗集装帧考究,书衣以函套的形式设计,下侧毛边,在民国书籍中甚为罕见。封面呈现简洁的装饰风格,只用朱红和墨蓝两色,朱红的双线框图,定下整体设计的基调,框图内只印书名和作者,书名字体刻意放大了"良夜"与"恶梦",字体的设计有一种刀刻的锐利感。封面上的花卉纹饰,与书中比亚莱兹的插图风格相呼应。

封二是罗丹的雕塑浪子,是罗丹为完成地狱之门创作的一系列带有宗教意味的雕塑作品。比较常见的是青铜雕塑的浪子,但从诗集中的插画照片观之,是大理石或石膏雕塑,这种类型的书装,并不常见。封三则是一页薄如蝉翼的绵纸,印着一首波德莱尔短诗的原文和译文,书中还配有比亚莱兹的插画两幅。此书印制精良,已不可多得。《良夜与恶梦》,1929年11月再版,收入短诗21首、散文诗8首、译诗9首。《良夜与恶梦》是石民作为象征派诗人的第一部也是唯一的一部诗集。周作人曾主编过《骆驼草》周刊,梁遇春、废名和石民被称为"骆驼草三子",为周作人所器重。

作为"五四"后活跃于诗坛的石民,他的生平际遇、文学作品,却鲜为人知,似早淡出了诗坛。若非我从书箧中翻出那本久藏的石民初版本诗集,兴许今日的读者(包括我),就无缘一识这位民国诗坛少有的"象征主义"诗人。诚如沈从文所评:"第三期的诗,一种是石民的《良夜与恶梦》,胡也频的《也频诗选》,可以归为李金发一类。"

石民是活跃于20世纪二三十年代文坛的象征派诗人、翻译家和编辑,生于1901年,原名石光络,字阴清,号影清,湖南省邵阳(今新邵县)陈家坊人。他生于一个官绅诗书之家,自幼聪明好学,在亲友中有才子之称。1924年毕业于长沙岳麓中学,后考入北京大学英语系。

当时的北京大学,正云集鲁迅、周作人、林语堂、叶公超、陈西滢、徐志摩等学贯中西的大师,而同学中,则有冯至、胡风、废名、梁遇春、张友松,一批文坛的中坚力量。学习期间,石民有机会则同这些人交游。

1928年,石民毕业后,供职于上海北新书局,编辑《北新月刊》《青年界》等文学期刊。自己的诗作和翻译,大多发表在《莽原》《语丝》《奔流》《骆驼草》等刊物。

石民著有诗集《良夜与恶梦》,译著有《曼侬》(与张友松合译)、《巴黎之烦恼》、《忧郁的裘德》等。

鲁迅曾与石民交往甚多,这可能源于石民北京大学毕业后,曾任上海北新书局编辑,鲁迅与北新书局的李小峰交谊甚深。鲁迅对石民文学生涯影响较深。鲁迅日记中,提到石民处,不下50次。如1928年7月4日,鲁迅记录了"下午得小峰信,即复。得王衡信。得石民信。得徐霞村信"。12日,鲁迅于大热天即"复石民信",而且,这天鲁迅同许广平、许钦文要赶往杭州,直至夜半至杭。有时,小峰与石民同在鲁迅家(1928年10月4日鲁迅日记)。

石民在1930年后身患肺病,鲁迅曾多次陪同看病。肺病复发时,鲁迅甚至放下手头繁忙事务,特陪石民去平井博士诊所治病(见鲁迅日记,11月12日上午、19日、26日,12月8日、17日,下雨天,都由鲁迅陪同,并为之翻译,因是日医诊所),有时鲁迅还用稿费帮助石民。总之,如若对照鲁迅留下的日记,石民和鲁迅,自1928年7月4日石民开始给鲁迅写信认识,到1936年7月19日鲁迅为石民代收生活书店稿费15元为止,这么多年之中,鲁迅为其校阅稿件、介绍稿件、寄赠书籍、代领稿费等,对石民各方面帮助很大。石民的诗集《良夜与恶梦》出版后,即给鲁迅寄书。从这也可看到鲁迅对一位年轻诗人的关怀培育,于点滴中可窥鲁迅人格的伟大。

二

1932年,石民与出身名门的表妹尹蕴纬结婚,伉俪情深，育有一子二女。那时，石民与胡风、梁遇春以及废名之间的交谊，也十分密切。

1933年8月，从北新书局离职后，石民去了武汉，到武汉大学任文学院外文系助教。1935年，石民出任武汉大学教授。与作为北新书局编辑的忙碌生活相比，武汉大学优美的环境让诗人的心灵得以舒缓。武汉大学的环境使他"可以远望长江，近瞰东湖，天宽地阔，风清气爽，颇能使局促的心灵得到开阔，烦郁的精神得到疏散"。石民在武汉大学与时任武汉大学文学院院长的陈源成为同事，二人私下来往密切，石民多次为陈源夫人凌叔华主编的《武汉日报》文艺副刊《现代文艺》撰稿。

在武汉大学度过的五年教书生活，使诗人一颗充溢着激情忧郁的心，获得暂时的安然，且像一只孤帆在漂泊的人生海洋中找到一片安宁之地，故他说："人生实在是一种盛夏的行役，阳光的激射够使你目眩头昏，体热心烦，你总巴不得到树荫之下休息休息罢。所谓离开现实，可以说就是一种'歇阴'的办法。"这五年是诗人石民短暂的生涯中，比较安适宁静的五年。

然而，好景不长，抗战爆发后，石民即随校迁往四川乐山，因连日奔波和生活的窘迫，1939年秋，肺病旧疾复发，不得不返乡治疗。终因病势沉重，不幸于1941年初病逝，年仅40岁。胡风夫人梅志对这位年轻的诗人离世甚为惋惜，曾引用石民内侄女尹慧珉的回忆说："石民有三个子女，一个在英国，两个在美国。"石民的太太尹蕴纬女士，在诗人逝世50年后，于1992年在美国逝世。

《良夜与恶梦》中的诗，大多作于1925年至1928年间，诗中的期许与热恋，如朝露般纯净蓬勃。如《进酒》，起首即引唯美主义诗人道森的诗句"I cried for madder music and for stronger wine"，又描写春夏秋冬四季之美，皆以"'有酒，有酒！'你说，'劝君更尽一杯'/但酒亦无灵，朋友，——劝我如何醉？"结尾，形成循环往复的咏叹调，读之犹如古乐府，又有歌剧意味，欧美浪漫主义美学与中国古典诗歌的意境，在石民的诗中可谓水乳交融。

石民诗的特点是容含了真情实感，且细腻地描摹出一瞬间具体细节，使诗作温柔、形象而生动。如《无题》写道："'从你的笑靥或颦眉，/我领略了无限密意，/而且你羞怯的眼睛呵，/更泄露了个中的消息。'/伊悄悄地没有言语，/（静默是真理的真理）我捧住了伊的脸儿：/天国如在我的手里……/但伊'嗤'的一声笑了，/是笑我痴迷的模样；/伊的吻接着我的——/一口气吸尽我的幻想。"

诗人石民，在贫病交迫的现实世界围砌中生活着，他的诗发自于肺腑，生活无疑使他感到无比沉重和压抑，作为一个诗人，唯有逃避、幻想、出世，他的心灵也许才能得以解脱一时。石民的诗，总让人感觉，他的灵魂之漂浮，诗思似走向了脱卸之彼岸，乃或飞向了宇宙深处，仿佛都在倾听诗人那灵与肉，于星空中的独白和诉说……

当然，我们谈石民的现代诗歌，属于早期象征与唯美一派外，不能忘记石民还是一位非常重要的翻译家。因为精通英语，他对各国诗人作品的翻译大多转译自英文。他翻译最多的是波德莱尔的诗歌，还翻译过海德格尔、屠格涅夫、莱蒙托夫、马雅可夫斯基,以及美国诗人亨利、华兹华斯、朗费罗,英国浪漫派诗人布莱克等的诗歌,还译有济慈的书信、日本小泉八云的理论文章等。

石民在《谈译诗》和《略谈中国诗的英译》中极力主张"以诗译诗",讲究翻译与原作间诗体的融合。他独特的中西合璧风格,在现代诗坛上留下了不可埋没的印迹。其诗心不老,一个真正的诗人,将永留世间。

三

石民的一生大都在邵阳、长沙、北京、上海、武汉、乐山等地度过。早年求学在长沙和北京,求职在上海,教书在武汉和乐山,其间结识了不少良师益友。其中包括在上海期间结识的鲁迅身边的朋友,如李小峰、赵景深、胡风、朱企霞、韩侍桁等人。而废名、梁遇春二人,与诗人感情甚笃,缘分甚深。诗人石民在上海期间,就与废名往来密切,几乎每星期来往一次,一起交流文学上的心得。

石民对与梁遇春的友谊,有这样的记载:"厥后来沪,他在真茹(那时有人嘲笑地称他为'口含烟斗的白面教授',其实他只是一个助教而已),而我则住在租界的中心,他乡遇故知,自然格外觉得亲热。虽则相距颇远,我们每星期总是要来往一次的……那一年余的友谊生活在我实在是生平快事。但不久他便北平去了。"

1930年2月,梁遇春北上,任北京大学英文系的图书馆管理员兼助教，两人之间仍旧书信不断，梁遇春有多篇文章和译著在北新书局出版。1932年6月25日，梁遇春因患急性猩红热病故，年仅26岁。梁遇春去世后，石民与废名搜集、整理梁遇春遗著编成散文集《泪与笑》，并分别作序。石民曾用笔名沈海，将梁遇春写给他的信题名《秋心小札》发表以示纪念，"秋心去世后，我于悼念之余曾经有意搜求他与各友人的信札，打算连同我自己所保存的一些编印出来，因为他的信是那么明白生动地表现出他这个人"。现存有梁遇春致石民信41封，也是石民精心保存后遗留的幸存物，是二人之间友情的一个见证。

四

石民与废名也是北京大学同学，二人之间的书信往来至今尚未被发现。但从梁遇春信中，可知三人之间的关系甚为熟稔。废名创办《骆驼草》时，常催石民与梁遇春写稿，被誉为"骆驼草三子"。石民编辑《北新月刊》和《青年界》时，废名与梁遇春二人也有投稿。可见三人之间友情之深。废名曾在《斗方夜谭（十）》中写道："我有两位相好，均是六年之同窗，大概谁都可以唱它一出独角戏，谁也不光顾谁，好比我同他们的一位写好契约借一笔款竟料到居然是大碰一个钉子，其人现在海上，好像是（姓）沈名海，说起来真是怪相思的，两个黄蝴蝶，双双飞上天，三千弟子谁个不知，谁个不晓，如今是这一个冰天雪地孤孤单单的刚刚游了一趟北海回来。还有一位，若问他的名姓，是一个愁字了得。话说这一字君，很受了我的奚落，就因为这一个字，但目下已经是四海名扬，大有改不过来之势。天下事每每悲哀得很，我与一字君几乎一失千古，当年一年三百六十日，一日六小时，我缺课他迟到不算，然而咱们俩彼此都不道名问姓，简直就没有交一句言，而他最是爱说话的，就在马神庙街上夹一本书也总是咭咭咶咶，只不同我同沈海，我时常嘱耳而语沈海曰：'这个小孩太闹！'而在最近三日我同一字君打了两夜牌，沈海君远不与焉。沈海君最近丢了诗人不做，要'努力做一个庸人'（来信照录），这才引动了今夜我谈话的雅兴。"其中，"沈海"即石民，"一个愁字了得"为梁遇春。

三人之间彼此相知，梁遇春在致石民信中曾下断言："莫须有先生说过：'你愁闷时也愁闷得痛快，如鱼得水，不会像走投无路的样子。'糟糠之友说的话真不错，我为之击节叹赏者再。这仿佛都证明出你是具有彻底的青春，就是将来须发斑白，大概也是陶然的，也许是陶然于老年的心境了。这未免太说远了。"若联系石民后来的心境变化，确与友人所言相符。

三人同窗多年，废名善写小说，石民专攻诗歌，梁遇春在小品文上多有成绩，他们平日里不仅互相交流友情与文事，写信告知彼此近况，还互相提携、帮助，这份友情令人动容。我读他们的文与诗，似有一感觉，石民与废名，确是难得的才子式人物，然相形之下，废名还是要活跃得多，显现出名士之气。废名从事文艺活动很早，刚进大学就发表诗歌和小说,引起胡适、陈衡哲等一些师生的注意。他还加入浅草社和语丝社,并且常常登门拜访周作人、鲁迅、胡适等人。50多年后,叶公超在台湾回忆说:"冯文炳(废名)经常旷课,有一种名士风度;梁遇春则有课必到,非常用功。"这样,废名在北京大学成为较早脱颖而出的文学才子,而梁遇春、石民还在刻苦用功地学习,感受着外国文学的风致和精神。废名以小说《竹林的故事》驰名于文坛后,梁遇春、石民也开始分别以散文和诗歌名世,而且他们两人还是翻译的好手。梁遇春成为人生派散文的青春才子型作家,石民成为象征诗派骁将,就是在那时。他们三人在文学史上的地位,也在那时奠定,相似、共通的审美观和文学趣味,再加上北京大学同学之谊,成名后走在一起也是必然的。

叶公超和梁遇春的关系异常密切,梁遇春也因叶公超的关系喜好英美小品文,二人尤嗜兰姆。1928年,叶公超到暨南大学任教,便约请刚刚毕业的梁遇春做他的助教。于是梁遇春获得了"少年教授"的美誉。叶公超、废名、梁遇春和石民的友情,在废名主编《骆驼草》时期和梁遇春逝世前后表现得最令人羡慕和感叹。那时废名、梁遇春因叶公超的缘故与《新月》关系密切,以致叶公超晚年还说废名是"新月派小说家"。叶公超与废名的关系早就突破了单纯的师生之谊,他很尊重废名不一般的文学才华和影响,在北平他多次向苦雨斋老人询问废名的情况,并登门拜访废名,还将自己的《桂游半月记》手迹赠与废名。

废名主编《骆驼草》的时候,常催梁遇春写稿,其中有几篇关于失恋的文章是背着妻子写的,偷偷拿给废名发表。《骆驼草》是个小型周刊,由废名主编,冯至做助手。这是一个同人刊物,著名的京派发轫于此。只可惜,不到半年就停刊了。废名对《骆驼草》颇有感情,这是他北京大学毕业后亲自主持筹办的刊物,但终因冯至出国和其他原因,未能维持下来。1930年12月5日,也就是在停刊后一个月,废名又有了复兴《骆驼草》的念头,并邀请梁遇春担任些职务,可惜梁遇春固辞。这个刊物,算是永久停了,但他们之间的友谊之花并未因此而凋谢。1946年秋,废名和冯健男经南京到北平。途中,通过叶公超的关系探望了狱中的周作人。叶公超弃文从政,恐怕是废名始料不及的。那时他们见面会说些什么呢?

20世纪70年代末,台湾出版《新月派小说选》,叶公超为之作序,在序言中叶公超说道:"废名是一个极特殊的作家,他的人物,往往是在他观察过社会、人生之后,以他自己对人生,对文化的感受,综合塑造出来的,是他个人意想中的人物,对他而言,比我们一般人眼中所见的人更真实。废名也是一个文体家,他的散文与诗都别具一格。"叶公超对废名的文学成就始终念念不忘,甚至把废名作为新月派代表人物中最特别的一个。但此时废名也已离世,而梁遇春和石民则早早长眠于地下。

在叶公超的弟子与学生当中,成就最高的当数钱锺书。他与常风交谊很深,但与骆驼草三子似乎没有交往。常风与梁遇春一样,是叶公超的弟子,而石民、废名、钱锺书则只能算是学生。这份师生情、友情,确令人动容,欲说还休，是一段不会被后人所遗忘的轶事和诗史。诗人石民一生的经历，包括他留下的诗，以及20世纪初中国现代化进程中每一个知识者的觉醒、个体生命价值的追求，在此不多赘述，还是以石民的几句诗作结吧。"在这可怕的黄昏里，沉锢着多少愁苦，凉风从枯树上飞过，呜呜地为谁诉语？"

妙诗赏读

你照彻

你照彻世界的昏暗
以你微笑之霞晖,
但是我,从你的明眸,
惊心于自己的憔悴。

我挣扎于长夜的恶梦,
已销磨青春的光荣:
我的发儿如同秋草——
何须说,生活之消沉。

我没有祈祷的虔诚,
亦没有诅咒的力量;
心头带着沉重的铁锁,
惟等候末日的裁判。

呵,天国的引导者!
但愿你以鲜红的吻,
在我的苍白的额上,
盖一个"祝福"的图印。

黄昏

正是紧敛的严冬
窒塞了万籁的声息,
黄昏挟阴霾以俱来
迷胡着茫茫的大地。

在这可怕的昏暗里
沉锢着多少愁苦,
凉风从枯树上飞过
呜呜地为谁诉语?

嘶嗄的几声悲啼
是漂泊无归的寒鸦,
惊起了蛰伏的灵魂
凄凄地无言……泪下!

洞庭曲

落日茫茫照洞庭
湖水红似英雄血
澎湃波涛扑岸来
彷徨顾影无颜色

孤月凄凄照洞庭
湖水清似幽人泪
何事呜咽独吹箫
箫声暗逐浮云逝

《歌》(译诗)

她的眼睛说"好",她的嘴说"不行"。
唉,爱神呵,告诉我,当她不肯,
我该相信她的嘴呢,还是眼睛?
且教眼睛莫再弄诡,
或者便教她的嘴
也依从着她的心儿应一声。
相亲相爱,这可以由嘴儿说定,
即使不屈伏的眼睛,露出实情,
冷然地把嘴中的诺言否认。
但难道可爱的眼睛弄诡,
还是那张不可靠的嘴
娇柔地说一声"好",其实"不行"?

(译自英国诗人阿瑟·西蒙斯的诗)

石民（1901—1941），原名石光络，字阴清，号影清，诗人、翻译家、散文家、编辑。湖南邵阳（今新邵县）人。自幼聪明好学，仪表英俊，在亲友中有才子之称。1924年，毕业于长沙岳麓中学，以优异成绩考入北京大学英语系，当时在英语系任教授的有林语堂、叶公超、陈西滢、温源宁、徐志摩等。同级或上下年级同学，有胡风、废名、梁遇春、张友松、尚钺、游国恩、冯至等。1928年毕业，获文学学士学位。1929年赴上海，在北新书局任编辑，曾编辑《北新月刊》《青年界》等。石民学生时代即开始诗歌创作和翻译，1930年前后，在文坛尤为活跃，不少诗歌、译作、散文发表在《语丝》《骆驼草》《文学杂志》《北新月刊》《青年界》《现代文学》《国民文艺》《大侠魂》《民立学生》《现代学生》等报刊上，与废名、梁遇春齐名，并称"骆驼草三子"，且与鲁迅、胡风交往甚密。1932年11月在南京与尹蕴纬结婚，二人伉俪情深。1933

年到武汉大学任教。1938年随校内迁四川乐山,不久因肺病加剧告假,回原籍医治,1941年初病逝。著有诗集《良夜与恶梦》,译有《曼侬》(与张友松合译)、《巴黎之烦恼》、《德伯家的苔丝》、《忧郁的袭德》(亡佚)、《他人的酒杯》(诗集)等,编著有《古诗选》、《北新英语文法》等多种教材,单篇译作、散文创作等,约有百篇。

附:
眉睫先生整理的石民先生著译书目:
1.《良夜与恶梦》,1929,北新书局
  注:收新诗、散文诗47首,其中译诗6首。
2.《文艺谭(英汉对照)》,1930,北新书局
  注:[日]小泉八云原著,石民译注。收《论生活和性格对于文学的关系》、《论创作》、《论读书》、《略论文学团体之滥用与利用》等4篇论文。
3.《英国文人尺牍选(英汉对照)》,1930,北新书局
  注:石民译注,选18世纪初至19世纪末英国15位文人的书信各1~7篇。
4.《散文诗选(英汉对照)》,1931,北新书局
  注:[法]波德莱尔原著,石民译注。
5.《返老还童(英汉对照)》,1931,北新书局
  注:[美]霍桑原著,傅东华、石民译注。收《返老还童》、《美人,黄金,威权》两个短篇。
6.《初级中学北新英文法》,1932,北新书局
  注:石民编。

7. 《诗经楚辞古诗唐诗选（英汉对照）》，1933，北新书局

    注：英译文为英国 H. A. Giles 和 A. Waley 及日本小烟薰良所译。1982年香港中流出版社出版影印本。

诗人石民和他的儿子

8. 《诗选》，1933，北新书局

    注：石民编注，古典诗歌集，为中学国语补充读本。

9. 《他人的酒杯》，1933，北新书局

    注：石民译。收《野花之歌》、《爱之秘》、《病蔷薇》、《浑灵之占卜》（[英] W. Blake），《从阴霾里，从阴霾里》、《歌》、《登临》、《秋情诗》、《愉快的死者》、《无题》（[法] H. de Regnier）以及海涅、莱蒙托夫、马雅可夫斯基等人的诗作36首。

10. 《巴黎之烦恼》，1935，生活书店

    注：[法] 波德莱尔原著，石民译。据 A. Symonsr 英译本并参照法文原本译出，内收散文诗51首。

11. 《曼侬》，1935，中华书局

    注：[法] 卜莱佛原著，石民、张友松合译。长篇小说，据英译本转译。此前也应出版过，见梁遇春致石民信。

12. 《高中英文萃选》，1943，北新书局

    注：石民编，共三册。

13. 《德伯家的苔丝》，未详，未详

14. 《忧郁的裘德》（亡佚），1942，三户图书出版公司

1929年北新书局初版《良夜与恶梦》封二

从"骆驼草三子"说起

1929年北新书局初版《良夜与恶梦》封三及内封

1936年商务印书馆初版《汉园集》

汉园何处说诗心
——记汉园三诗人

中国自《诗经》至现代诗的流传历经了几千年的时空，如若从这方面视之，"五四"以后的白话诗似少了一点生命力，无法如古典诗词，读之不忘，时可吟诵。但也有例外，一是徐志摩那首："轻轻地我走了，正如我轻轻地来，我挥一挥衣袖，不带走一片云彩。"而另一首，便是卞之琳"你站在桥上看风景，看风景的人在楼上看你……"只待一起了头，这两首诗必有人接上。

徐志摩的似水华年，情凝在《再别康桥》里。卞之琳的《断章》中朦胧的倩影，则是情牵半生的张家四小姐张充和。然而卞之琳与张充和，却始终暌隔，他埋头写诗，埋头写信，她并不理解。于《天涯晚笛》中，张充和说从未动过情，也从未"招惹"。卞之琳虽刻骨铭心，却只是轻风流云一片。

徐志摩是卞之琳在北大的老师，是卞诗歌的引路人。正是徐志摩将这位情感内敛、寡言的学生的习作，在其主办的《诗刊》上发表,才让卞之琳未毕业便已诗名在外。卞进入"新月"诗人的行列,从而结识了沈从文。在沈从文家中,他得以见到张充和。在北京大学的张充和,是他的学妹。一个暖风和煦的夏天,张充和坐在一棵大槐树下,围坐一群人,听她讲初到北平的趣闻。阳光洒在她细碎的发梢上,晶莹如朝露,对诗人来说,是如梦似幻的美妙时光。

卞之琳的《鱼目集》,像一个旁观者,更像冷峻的叙述者,将平淡无奇的万象,用精巧的语言和形式,建构成诗,令人捉摸不透,意味深长。《鱼目集》初版于1935年12月,小32开本,道林纸,封面略黄,无任何装饰,只印书名和作者,是当时巴金主编"文学丛刊"一贯的书装风格。这是卞之琳的第二本诗集,脍炙人口的《断章》,便收录其中。邵洵美、沈从文、李健吾三位,对卞诗甚为推崇,认为"已不再是对旧诗革命的产物,它本身已成为一件新艺术了";而梁实秋、胡适则对卞诗晦涩的意象持否定态度。双方的赏斥,折射出新诗由萌芽走向成熟的转变。

1942年,卞之琳出版《十年诗草》。之后,他便停止了诗歌创作,专心译事。卞之琳由英国回国时,知新婚的张充和夫妇,已远赴美国。两人再次相见,已是40多年后的事了。如今《鱼目集》,已成经典。卞之琳与张充和的故事,让一代代人唏嘘。世人早已淡忘,可这段隐于诗坛和人间的故事,却成了"世说新语"般的历史。

一

1979年，70岁的卞之琳到北京沙滩，探望老友李广田的夫人王兰馨和女儿李岫。当得知李广田的文集正在编辑将要出版时，尽管时感衰老疲倦，卞之琳觉得义不容辞应为老友的这本遗著集写点什么。

沙滩红楼，正是当年北京大学文学院所在地，而卞之琳、何其芳、李广田三人也是在这里因新诗而相识、相知，并共同出版了《汉园集》。诗集仍在诗人的案前，三人最单纯的青春岁月依然鲜活，但两位至交老友已先后离世，只留他一人为编辑出版两人的遗著文集而奔忙。卞之琳提笔写下了一篇长长的序言，在结尾他感叹更像一篇回忆录，回忆了"汉园三剑客"经历时代变革长达40多年的友情。

《汉园集》由商务印书馆初版于1936年3月，为"文学研究会创作丛书"之一。是一本布面精装的小巧诗集，橄榄绿色的细布封面，烫银的边框，居中印书名及作者。右下角则钤一方圆形"商务"印章，封底则是暗纹的商务印书馆"CP"字母与汉字构成的菱形奖杯状标志，另有一袭灰底黑字的薄护封，自有一种肃穆的气象。这一简洁素雅又不失考究的书装是商务印书馆30年代中期的经典风格，同时期出版的朱湘的《番石榴集》、李广田的《画廊集》、沈从文的《湘行散记》、巴金的《沉沦》，均是这一风格。

我所藏的是1936年8月的再版本，时隔5个月，诗集便再版，对当时初出茅庐的三位诗人，应是极大的肯定，之后"汉园三诗人"之名不胫而走。全书并无序跋，因为我偏爱读民国诗集的序跋，当时捧读，不免有点怅然若失。

后来，读到卞之琳在30多年后，为李广田文集写的序，才知道诗集原本有数行题记，但商务印书馆给印丢了。书问世后，卞之琳只能自印少量"书签"（正面为"题记"，背面为"勘误表"）夹在一部分书中以为补救。"文革"之后卞之琳由朋友处重获《汉园集》才寻回当年的题记，复原写入序言中，让读者了解当年这本诗集的缘由："这是广田、其芳和我自己四五年来所作诗的结集。我们并不以为这些小玩意儿自成一派，只是平时接触的机会较多，所写的东西彼此感觉亲切，为自己和朋友们看起来方便起见，所以搁在一起了。我们一块儿读书的地方叫'汉花园'。记得自己在南方的时候，在这个名字上着实做过一些梦，哪知道日后来此一访，有名无园，独上高楼，不胜惆怅。可是我们始终对于这个名字有好感，又觉得书名字取得老气横秋一点倒也好玩，于是乎《汉园集》。"

汉花园如今已不为人所知，但在当时因为北京大学却是个热闹地界，毗邻"红楼"还有一条汉花园大街，只要报上汉花园，车夫便知是去北京大学。卞之琳在序言中详细描述了结识李广田和何其芳的过程，正是两人醉心诗文的劲头，吸引了同道中人的卞之琳："每日清晨……常有一位红脸的穿大褂的同学，一边消消停停地踱步，一边念念有词地读英文或日文书。经人指出,我才知道这就是李广田。同时,在'红楼'前面当时叫汉花园的那段马路南边,常有一个戴着深度近视眼镜,一边走一边抬头看云,旁若无人的白脸矮个儿同学,后来认识,原来这就是何其芳。"

那时卞之琳就读于外文系,正是大学二年级。李广田比卞之琳年长四岁,但因多读了几年预科,与卞之琳同级,也在外文系求学,而何其芳是三人中年纪最小的,比卞之琳小两岁,刚入哲学系一年级。

在相识之前,其实三人已在各种杂志、副刊上读到过彼此的诗作了,何其芳读过卞之琳发表在徐志摩主编的《诗刊》上的作品,而卞之琳也对何其芳和李广田在戴望舒主导的《现代》杂志上刊登的诗作有印象。相互报了各自的诗作,便立刻有了熟悉亲近之感,之后三人往来更多,常常作诗谈文,还一起帮臧克家出版《烙印》,帮靳以编辑《文学季刊》和《水星》等,成了无话不谈的知己。

那时,正是京派文化圈活动的鼎盛之期。胡适由上海重回北京大学,把新月诗社的同人活动带来北平;朱自清家每周末都举办读诗会;林徽因总布胡同家中的文化沙龙也是不断;燕京、北大、清华各类文学社团的同人刊物层出不穷。日本侵华战争尚未全面爆发,北平文化界恰是难得的清平时光,三位年轻人得以沐浴古都北平的风华。

卞之琳生性内敛拘谨,他自谓何其芳和李广田两位的组织和交际能力都强于自己,但他惜才爱诗的执着,却是闯劲十足,不怕冒失。所以当郑振铎编"文学研究会创作丛书"要收他的一本诗集时,卞之琳便挑头将三人之前的诗作,编成一部合集出版。

二

《汉园集》收录何其芳的《燕泥集》诗16首,李广田《行云集》诗17首和卞之琳《数行集》诗34首,是三位诗人1930年至1934年的作品。

汉园三诗人中,卞之琳和何其芳多被人归为现代派,有象征主义的特征。但两人的诗歌除了遣词造句极其考究精致外,从意象到气韵都有很大差异。而李广田的诗,又与他们迥异,充溢着现实主义的风格。这也正是《汉园集》的魅力所在,薄薄的一本诗集,带给读者的却是极其丰富的心灵体验。

如若按诗集顺序依次读来,读《燕泥集》如步入绮丽绚烂的迷幻宫殿,《行云集》则让你如仰卧秋意苍茫的林间,《数行集》则又带着你回到北平萧索的街市,饮下一碗苦茶。

《燕泥集》分两辑,第一辑收录1931年至1932年的诗作,第二辑为1933年至1934年的作品。《预言》是第一首诗,也是何其芳最为人推崇的诗作。何其芳一生诗作并不多,他在后期大部分的时间都投入到散文创作中。但只要读一下《预言》这首诗,还是会由衷地佩服,他真是一个天生的诗人,而且何其芳在创作这首诗时只有19岁。

经典的诗歌常常有几句朗朗上口的句子,令人读之难忘。但《预言》这首诗,却并不是以若干佳句来吸引人,而是整首诗营造的瑰丽又神秘的氛围,牵着你进入了一个超现实的幻境。

《预言》由六小段组成,恰似六幕短剧,讲述了一个唯美而带有神话色彩的爱情故事。开篇描写诗人期待心中女神的来临,"夜的叹息"、"渐近的足音"、"竹林和夜风的私语"都象征了诗人凝神侧耳倾听,那忐忑又期待的心情。而"麋鹿"这一西方神话中代表纯洁性灵的意象,让人眼前铺展出波提切利笔下的春之画卷。紧接着的第二幕,则是全诗最美的一段,如一首温柔的小夜曲,诗人并不实写女神的美,而是通过月色、日光、百花、绿杨、歌声一连串意象,让读者自然想象她的美好和生机盎然,以及诗人陶醉其中的甜蜜爱意。

第三、四段,故事有了转折,色调也开始由明亮转为沉郁,"请停下,停下你长途的奔波","不要前行!前面是无边的森林",两句立刻让之前舒缓的节奏陡然变得紧张,表现女神将要飘然离去,而诗人竭力挽留。"野兽身上的斑文"、"半生半死的藤",也带来了危险、黑暗逼近、相爱的人无法长相厮守的预示。

第五、六幕,诗人在无法阻止女神离去时,充满深情地呼唤道:"一定要走吗,等我和你同行……当夜的浓黑遮断了我们,你可不转眼地望着我的眼睛。"让整首诗的情绪推升至了顶点。

而全首结尾处:"像静穆的微风飘过这黄昏里,/消失了,消失了你骄傲的足音……/啊,你终于如预言中所说的无语而来/无语而去了吗,年轻的神?"与开篇女神悄然来临时,"夜的叹息似的渐近的足音"呼应,而"预言"在结尾处的再次出现,又带有宿命的意味。

整首诗除了动人的情节,"通感"的运用也很高超,秾丽斑斓的色彩溢于笔端,让读者如入画境。何其芳谈自己的创作时说:"我不是从一个概念的闪动去寻找它的形体,浮现在我心灵里的原来就是一些颜色,一些图案。"然后费了苦涩的推敲用口语去表现那些颜色,那些图案。所以如果说卞之琳的新诗长于音律,何其芳的诗则以色彩见长。这一特质,也贯穿于他的散文中,使他之后的《画梦录》能独步文坛。

何其芳在《燕泥集》中的爱情诗,极为动人,是《汉园集》另一个亮点。李广田和卞之琳这一时期的爱情诗都寥寥无几,甚至卞之琳还被李健吾评论说是从来不写爱情诗的诗人。何其芳是三人中写爱情诗最为出色的。

这也许与何其芳在进入北京大学之前一段刻骨铭心的恋情有关。何其芳在18岁时恋上表姐杨应瑞,两人私订终身。但何其芳的父亲觉得双方是近亲,坚决不同意这门婚事,最终两个有情人,还是劳燕分飞。这段青葱的恋情无果,却让何其芳开始了诗歌创作,他最早的诗作如《莺莺》、《雨天》等,都有这位表姐的身影。

何其芳早期诗歌的另一个特色,是浓厚的古典诗词意蕴。这一时期白话新诗的创作,诗人都会从古典诗词中汲取养分,而其中何其芳的诗歌是最接近花间南唐北宋词气质的。

何其芳出身于四川万县(今重庆万州)富庶的地主家庭,其父何伯稽生财有道,通过做面粉和养猪积攒下不少钱。所以何其芳从小受到良好的私塾教育,古典文学功底十分扎实。但同时因为是家中的独子,父亲对他极其严厉,母亲姐妹对他则宠溺有加,有一点像《红楼梦》中的宝玉的味道。这让年幼的何其芳精神极其孤独和敏感,唯美的诗词正给了他治愈心灵世界的良药。何其芳曾回想青年时期:"读着晚唐五代时期的那些精致的冶艳的诗词,蛊惑于那种憔悴的红颜上的妩媚,又在几位班纳斯派以后的法兰西诗人的篇什中找到了一种同样的迷醉。"

何其芳的诗中常爱借用女性的口吻和视角,来倾吐对恋人的不舍,或对自身命运的悲怜,描写细腻入微、婉转柔美。如《休洗红》一首,诗名本身就取自词牌名,全诗以第一人称,模拟了一位罗衣褪色的少妇的哀怨,"我慵慵的手臂欲垂下了","我的影子照得打寒噤了",宛如一幅温庭筠笔下弄妆梳洗迟的闺中女子图。

这一诗歌技巧便是承袭自晚唐与五代花间词。本是士大夫游狎时为歌伎所作的艳词丽曲,词人化身为女子表达娇嗔依恋之意。但随着宋代词的发展,文人心胸极大地丰富提升了这类词的意境,逐渐将其变为词人暂且抛去儒家文以载道的要求,借女性之角色,表达自身的离愁别绪、沉郁凄凉的文体。

三

《鱼目集》是卞之琳正式出版的第一部诗集,但《汉园集》其实本应是卞之琳的处女诗集。因为卞之琳在1934年时便将诗集编辑完成,本以为能很快问世,谁知商务印书馆拖了整整两年。而在这两年中,上海文化生活出版社又希望出版卞之琳的诗集,于是他便将1934年后所作的诗,以及已编入《汉园集》里的若干诗作,合起来编成《鱼目集》。所以《鱼目集》与《汉园集》中有不少诗歌是重合的。

《汉园集》中收录的卞之琳诗作称为《数行集》,依时间次序分为五辑,第一辑作于1930年10月至1931年1月,第二辑作于1931年7月至8月,第三辑作于1932年8月至10月,第四辑作于1933年7月至12月,第五辑作于1934年7月至8月。

如果说何其芳的诗中有极强的"自我",而卞之琳的诗则似入"无我"之境。《汉园集》中,卞之琳更多的是在进行一种新诗的试验,尝试用现代主义和象征主义的诗风,洗练地白描出一个个旧时北平下层人民的生活片断,用诗来凭吊这座古都,来寄怀陷入低潮的民主革命。

卞之琳几十年后回忆起自己写诗的初衷,便是来自北京大学附近那一片充满败落衰飒气息的断垣废井,"北京大学民主广场北边一部分以及灰楼那一带当时是松公府的一片断垣废井。那时候在课余或从文学院图书馆阅览室中出来,在红楼上,从北窗瞥见那个景色,我总会起一种惘然的无可奈何的感觉",引起了卞之琳想写诗的念头,"一方面因为那里是五四运动的发祥地,一方面又因为那里是破旧的故都"。当时他心仪波德莱尔描写巴黎街头流浪汉、艺术家等市井百态的诗,于是也尝试用这一方法来描述在北平,那个旧皇权被打破,新旧政府轮流掌权,战争阴云笼罩下的人生百态。

于是,人力车夫(《酸梅汤》)、算命瞎子和敲更夫(《古镇的梦》)、守着杂货店打瞌睡的伙计(《古城的心》),这些三教九流的各色小人物,成为这一时期卞之琳诗中的主角。而这些诗的情绪和色调,总是那样荒芜、沉闷、漠然、灰暗,诗人完全采取旁观者的姿态,笔触冷峻,并不投射自身的感情。最典型的一首便是《几个人》:

>　　叫卖的喊一声"冰糖葫芦",
>　　吃了一口灰像满不在乎;
>　　提鸟笼的望着天上的白鸽,
>　　自在的脚步踩过了沙河,
>　　当一个年轻人在荒街上沉思。
>　　卖萝卜的空挥着磨亮的小刀,
>　　一担红萝卜在夕阳里傻笑,
>　　当一个年轻人在荒街上沉思。
>　　矮叫化子痴看着自己的长影子,
>　　当一个年轻人在荒街上沉思:
>　　有些人捧着一碗饭叹气,

> 有些人半夜里听别人的梦话,
> 有些人白发上戴一朵红花,
> 像雪野的边缘上托一轮落日……

这首写于1932年10月的小诗,如电影中快速切换的镜头,展现北平街市上贩夫走卒的日常生活。但这是一幅缺乏生气的北平风情画,用"空挥"、"傻笑"、"痴看"、"叹气"、"满不在乎"等词汇,一种生命无意义的徒劳弥漫,更加重了寂寞的意味。而整首诗中反复出现的,"荒街上沉思的年轻人"这一形象可代表诗人自身,也可象征着当时怀抱救国革命理想的青年知识分子们。究竟他在沉思什么,诗人并未言明,留给读者悬念和想象的空间,这种"留白"也是卞之琳诗歌的特色。结尾处白发簪红花,雪野映落日,犹如蒙太奇般的叠画,是非常惊人的意象,让人读完久久难忘,意蕴绵长。这首诗的音律,看似松散,实际非常讲究,全诗以"当一个年轻人在荒街上沉思"一句形成一种循环往复的效果,又自然地形成场景的分割,同时每两句押尾韵,韵脚自然转换,十分流畅。

这一时期卞之琳在新诗上的另一项试验是尝试用大白话或方言,以在诗中夹杂人物对话的方式来写诗。这种尝试可能来源于卞之琳的老师,也是他新诗道路上的启蒙者徐志摩。在卞之琳之前,徐志摩便已用北京大白话和家乡硖石的方言创作过诗,只是尚未成熟。这一诗歌创作的试验,在《春城》一首中最为显著,景物描写与各类白话口语对话,交错着形成了一种独特的风格。

起首一段:"北京城:垃圾堆上放风筝,/描一只花蝴蝶,描一只鹞鹰/在马德里蔚蓝的天心,/天如海,可惜也望不见您哪/京都!——"最后一句老北京话的插入,像一句画外音,而第四段大量使用口语:"'好家伙!真吓坏了我,倒不是/一枚炸弹——哈哈哈哈!'/'真舒服,春梦做得够香了不是?/拉不到人就在车磴上歇午觉,/幸亏瓦片儿倒还有眼睛。'/'鸟矢儿也有眼睛——哈哈哈哈。'"显然这是一个人力车夫,在春日的北京,百无聊赖地闲侃着。尽管这种以方言口语入诗的方式,并未在白话诗中成为主流,效仿者也是寥寥,但诗人的这一努力尝试,无疑丰富和拓展了新诗的可能性。

沈从文在写给卞之琳《群鸦集》的附记中说:"之琳的诗不是热闹的诗,却可以代表北方年轻人一种生活观念,大漠的尘土,寒国的严冬,如何使人眼目凝静,生活沉默,一个从北地风光生活过来的年轻人,那种黄昏袭来的寂寞,那种血欲凝固的镇静,用幽幽的口气,诉说一切,之琳的诗,已从容的与艺术接近了。诗里动人处,由平淡所成就的高点,每一个住过北方,经历过故都公寓生活的年轻人,一定都能理解得到,会觉得所表现的境界技术超拔的。"

四

有学者总结《汉园集》中三位诗人的风格,认为何其芳是浪漫主义，卞之琳是象征主义，而李广田是现实主义。但细读李广田的《行云集》，与其说他是现实主义，莫若说他的诗歌更偏向于回归自然的现实主义。

读李广田这些写于1931年至1934年的诗作，总让我想到美国诗人惠特曼的《草叶集》。惠特曼奉行美国哲学家爱默生提出的"自然是精神的象征"，认为自然蕴含了自我所追求的人类价值。自然界无所不在的自由、活力和创造力令他身心振奋，动物心灵的平静和精神的独立也让他羡慕不已。李广田的诗歌，在我看来与其有一脉相承之处。在他笔下出现的植物、动物、山川、清风、流云自有其精神内涵。

李广田的诗作是汉园三诗人中，最具乡土田野气息的，他是真正有过农村生活体会的。他出生在贫苦的农家且从小父母双亡，在亲戚家成长。少年的成长生活经历，让李广田对农村生活有更深入的体验，有更深厚的热爱。所以从北京大学毕业后，他便回到家乡，投身于中学教育，抗战时期他也从未放弃办学的理想，带着学生辗转于大后方，几次撤校复校，都未放弃。

李广田多以天空、大地等自然景物抒情，并不使用晦涩的意象，真挚而质朴的情感扑面而来。《地之子》一首最具代表性："我是生自土中，/来自田间的，/这大地，我的母亲，/我对她有着作为人子的深情。/我爱着这地面上的沙壤，湿软软的，/我的襁褓；更爱着绿绒绒的田禾，野草，/保姆的怀抱。/我愿安息在这土地上，/在这人类的田野里生长，/生长又死亡。"

以大地喻母亲，以沙壤为襁褓，田野象征保姆的怀抱，如今读来，比喻和意象显得太过平常而缺乏新意，然而因整首诗开阔的格调、素朴的情绪、深沉的感情，读来仍有直指人心的地方，能打动读者。李健吾在评论《汉园集》时便说："素朴和煊丽，何其芳先生要的是颜色，凹凸，深致，隽美。然而有一点，李广田先生却更其抓住读者的心弦：亲切之感。"文如其人，《地之子》成了李广田人生和文学的写照。沈从文是以小说的形式，表现"回归自然"、"回归乡土"，而李广田则是用诗的形式，让人们理解只有从浮华的都市，回归纯净的大自然，才会发现和寻到真我。

李健吾还对《行云集》中描写秋天的诗作，印象颇深。秋天可说是古今诗人最爱咏叹的季节了，而李广田的《行云集》中，吟秋之诗占了很大比例。细读李广田的诗，可说秋意无处不在，而且诗人从颜色、气味、声音、温度，从视觉、嗅觉、听觉和触觉全方位地描写秋天，可见诗人有多钟情秋天。

秋天的颜色，在李广田笔下是硕果累累的明艳色彩，在《旅途》中秋阳余晖下农家墙头挂上收获的瓜果，洋溢着勃勃生机，"不知是谁家的高墙头，/粉白的，映着西斜的秋阳的，/垂挂了红的瓜和绿的瓜"。秋天有气味吗？如果有，是什么样的气味呢？李广田专门写了一首《秋的味》，"谁曾嗅到了秋的味，/坐在破幔子的窗下，/从远方的池沼里，/水滨腐了的落叶的——/从深深的森林里，/枯枝上熟了的木莓的——/被凉风送来了/秋的气息？"李广田笔下的秋的温度则是温暖怀旧而略带一些悲怜肃杀的，如他在《行云集》第一首《秋灯》里写道："静夜的秋灯是温暖的，/在孤寂中，我却是有一点寒冷。"秋之音，在李广田笔下是伴着歌者的弹唱而来的："抱着小小的瑶琴，/弹奏着黄昏曲的，/是秋天的歌者。……/尽兴地弹唱吧。/当你葬身枯叶时，/世界便觉得寂寞了。"

惠特曼的诗非常接近于散文诗，不受刻板的韵律所约束。惠特曼认为，写诗在一定程度上只是为了表达自己的感情，而并非为了形式去强加文字。李广田的诗作也有这一特点，他的诗结构习惯于行云流水和朴实自然的语言，这使他的诗歌也常流于散文化。李健吾对《行云集》喜爱有加，但也指出："李广田也在尝试在诗的形式中采用比较自由的文字以配合他那自然朴实的风格，可惜还未达到成熟的境地，所以反而显出松散的缺点来。"这也许使李广田发现，散文更能表达他希望传递的内容和感情。《行云集》几乎要算是他唯一的诗集（其1958年出版的《春城集》风格已完全不同，很难与之相比），后来他更多转向散文创作，奉献了多部佳作，《行云集》中的十余首诗也就成为他在现代诗坛的全部作品了。

尽管不再写诗，李广田对新诗创作理论的探索，并未停止。他在抗战时期出版了《诗的艺术》，成为这一时期新诗诗歌艺术理论的重要著作。李广田之后还对老友卞之琳的诗歌艺术进行了评价，40年代李广田的《诗的艺术——论卞之琳的十年诗草》一文，从诗的形式、章法、句法、格式、韵法、用字、意象等诗的要素评论卞之琳的诗作，认为卞之琳新诗的表现方法比徐志摩又进一步，肯定卞之琳诗歌的思维和感觉方式以及表现手法继承了古今中外优秀的诗歌遗产。50年代，在昆明的李广田还致力于发掘保护在滇中地区流传的民歌，修订了大型叙事抒情长诗《阿诗玛》。

五

《汉园集》问世之时，何其芳、卞之琳、李广田三人都已毕业离开北京大学，各奔东西。卞之琳在青岛埋头译书，李广田回到老家山东的中学任教，而何其芳则在天津南开中学。

其时日军对华北步步紧逼，而国民党和军阀的软弱退让，明眼人皆可看出。爱国青年和知识分子自然对这一局势感到忧心，但却无力改变现实，于是便陷入自我怀疑的消极之中，充满了无力感。

何其芳在《汉园集》出版三个月后所作的《〈燕泥集〉后话》中用诗一般的语言，描述了当时他的心情：

> 今年春天，之琳来信说我们那本小书不久可以印出，应该在各人的那一部分上题一个名字……之琳乃借我以"燕泥集"三字。我当即回信说，这个名字我很喜爱，因为它使我记起了孩提时的一种欢欣，而且我现在仿佛就是一只燕子，我说不清我飞翔的方向，

但早已忘却了我昔日苦心经营的残留在梁上的泥巢。是的，我早已忘却了，一直到现在放它在我面前让我凄凉地凭吊着过去的自己，让我重又咀嚼着那些过去的情感，那些忧郁的黄昏和那些夜晚，我独自踯躅在蓝色的天空下，仿佛拾得了一些温柔的白色小花朵，带回去便是一篇诗。

当时才24岁的诗人，文字中却是一片凄凉。那年5月，何其芳目睹了抗日救国游行的学生潮水般地经过南开中学的操场，他却只远远地旁观着，感到了青年人的热血终将白流的无望。之后他离开天津回到万县老家，又辗转至胶东教书。于是1937年，汉园三诗人在青岛重聚几日，彻夜长谈，共同迎接全面抗日。之后，何其芳与卞之琳一起到了成都，并一同奔赴延安，从此改变了诗人的生涯。卞之琳写下了《慰劳信集》，何其芳写下了《夜歌》，诗的风格与之前已判若两人。

两年后，卞之琳到西南大后方昆明，执教于西南联大，而李广田也恰在联大，于是两人又朝夕相处了一段时日。这段时间，何其芳执教于鲁迅艺术学院，后往返于延安与重庆之间，一直负责党的宣传工作。1942年参加了延安文艺座谈后，何其芳正式与从前的诗人身份决裂，"在一九四二年春天以后，我就没有再写诗了。有许多比写诗更重要的事情要去做"。诗人成了中国共产党的文艺战士。何其芳的最后一首诗，可能是1949年开国大典上，他伫立观礼台上，诗情勃发，构思了歌颂新中国的雄壮序曲——

《我们最伟大的节日》。

三人的再次重聚，是在中华人民共和国成立后的北京，李广田任教于清华、何其芳则任职于社科院文学所、卞之琳回到了北京大学后又与何其芳成为社科院的同事。短暂的重聚之后，李广田被任命为云南大学的校长，往昆明赴任，"文革"之初惨死于春城的荷花池中；何其芳也在"文革"中被打为"走资派"，受到极大的冲击，回到北京后，当他开始决心重新翻译年轻时就喜爱的海涅诗歌时，却在1977年匆匆离世，留下未完的译稿和回忆录；卞之琳被揪成"反动学术权威"，"下放"河南，文学创作完全停滞，再回到北京时已是衰病缠身。

《汉园集》记录了三位诗人沉醉在文学中的纯真年华，夜晚重读这些诗篇，抬头恰望见一轮秋月当空。无论人世多少变迁、悲欣离散，月亮永远皓洁明亮，不染纤尘。忽想起，三人在诗集中都有吟月之诗，怀想着三人在北大汉园时，是否也曾沐浴在这月华之下，思恋、乡愁、忧国，都化为悠悠明笛、数行诗句……

妙诗赏读

预 言

何其芳

这一个心跳的日子终于来临!
你夜的叹息似的渐近的足音
我听得清不是林叶和夜风私语,
麋鹿驰过苔径的细碎的蹄声。
告诉我,用你银铃的歌声告诉我
你是不是预言中的年轻的神?

你一定来自那温郁的南方,
告诉我那儿的月色,那儿的日光,
告诉我春风是怎样吹开百花,
燕子是怎样痴恋着绿杨,
我将合眼睡在你如梦的歌声里,
那温馨我似乎记得又似乎遗忘。

请停下,停下你长途的奔波,
进来,这儿有虎皮的褥你坐,
让我烧起每一秋天拾来的落叶,
听我低低唱起我自己的歌,
那歌声将火光样沉郁又高扬,

火光样将落叶的一生诉说。

不要前行,前面是无边的森林,
古老的树现着野兽身上的斑文,
半生半死的藤蟒蛇样交缠着,
密叶里漏不下一颗星,
你将怯怯地不敢放下第二步,
当你听见了第一步空寥的回声。

一定要走吗,等我和你同行,
我的足知道每条平安的路径,
我将不停地唱着忘倦的歌,
再给你,再给你手的温存,
当夜的浓黑遮断了我们,
你可不转眼地望着我的眼睛。

我激动的歌声你竟不听,
你的足竟不为我的颤抖暂停,
像静穆的微风飘过这黄昏里,
消失了,消失了你骄傲的足音……
啊,你终于如预言中所说的无语而来
无语而去了吗,年轻的神?

一九三一年秋天

夏夜

何其芳

在六月槐花的微风里新沐过了,
你的鬓发流滴着凉滑的幽芬。
圆圆的绿阴作我们的天空,
你美目里有明星的做笑。

藕花悄睡在翠叶的梦间,
它淡香的呼吸如流萤的金翅
飞在湖畔,飞在迷离的草际,
扑到你裙衣轻覆着的膝头。

你柔柔的手臂如繁实的葡萄藤
围上我的颈,和着红熟的甜的私语。
你说你听见了我胸间的颤跳,
如树根在热的夏夜里震动泥土?

是的,一株新的奇树生长在我心里了,
且快在我的唇上开出红色的花。

一九三二年十一月一日

流星

李广田

一颗流星,坠落了,
随着坠落的
有清泪。

想一个鸣蛙的夏夜,
在古老的乡村,
谁为你,流星正飞时,
以辫发的青缨作结,
说要系航海的明珠
作永好的投赠。

想一些辽远的日子,
辽远的,沙上的足音……

泪落在夜里了,
像星陨,坠入林荫
古潭底。

一九三四年一月十九日夜

地之子

李广田

我是生自土中,
来自田间的,
这大地,我的母亲,
我对她有着作为人子的深情。
我爱着这地面上的沙壤,湿软软的,
我的襁褓;
更爱着绿绒绒的田禾,野草,
保姆的怀抱。
我愿安息在这土地上,
在这人类的田野里生长,
生长又死亡。

我在地上,
昂了首,望着天上。
望着白的云,
彩色的虹,
也望着碧蓝的晴空。
但我的脚却永踏着土地,
我永嗅着人间的土的气息。
我无心于住在天国里,
因为住在天国时,

便失去了天国,
且失掉了我的母亲,这土地。

寄流水
卞之琳

从秋街的败叶里
清道夫扫出了
一张少女的小影;

是雨呢还是泪
朦胧了红颜
谁知道!但令人想起
古屋中磨损的镜里
认不真的愁容;

背面却认得清
"永远不许你丢掉!"

"情用劳结,"唉,
别再想古代羌女的情书
沦落在蒲昌海边的流沙里
叫西洋的浪人捡起来
放到伦敦多少对碧眼前。

多少未发现的命运呢?
有人会忧愁。有人会说:
还是这样好——寄流水。

一九三三年八月九日

古镇的梦

卞之琳

小镇上有两种声音
一样的寂寥:
白天是算命锣,
夜里是梆子。

敲不破别人的梦,
做着梦似的
瞎子在街上走,
一步又一步。
他知道哪一块石头低,
哪一块石头高,
哪一家姑娘有多大年纪。

敲沉了别人的梦,
做着梦似的

更夫在街上走,
一步又一步。
他知道哪一块石头低,
哪一块石头高,
哪一家门户关得最严密。

"三更了,你听哪,
毛儿的爸爸,
这小子吵得人睡不成觉,
老在梦里哭,
明天替他算算命吧?"

是深夜,
又是清冷的下午:
敲梆的过桥,
敲锣的又过桥,
不断的是桥下流水的声音。

卞之琳(1910年12月8日—2000年12月2日),现当代诗人、文学评论家、翻译家。曾用笔名季陵、薛林等。生于江苏海门市汤家镇,祖籍南京市溧水区。曾师从徐志摩和胡适,对莎士比亚有深入的研究,并且在现代诗坛上做出重要贡献。被公认为新文化运动中重要的诗歌流派新月派和现代派的代表诗人。诗《断章》是他不朽的代表作。

1933年夏天毕业于北京大学英文系。同年秋天,认识了来北大读中文系的张充和。因为热恋张充和,卞之琳的诗歌创作,也发生了变化。卞之琳研究专家张曼仪女士,编选有《中国现代作家选集·卞之琳》一书,书中所附《卞之琳年表简编》这样记录:卞之琳于1933年初识张充和,1936年10月,回江苏海门老家办完母亲丧事,即离乡往苏州,探望张充和。而1937年3月到5月间,作《无题》诗五首。又"在杭州把本年所作诗18首,加上先两年各一首诗作,编成《装饰集》,题献给张充和,并手抄一册,本拟交戴望舒的新诗社出版,未果,后收入《十年诗草》"。直到1943年,"寒假前往重庆探访张充和",其时距初识已经10年。1955年,卞之琳45岁,10月1日才与另一女史青林结婚。卞之琳的诗词作品有:《尺八》、《断章》、《音尘》、《望》、《寂寞》、《归》、《雨同我》、《距离的组织》等。

何其芳(1912—1977),四川万县(今重庆市万州区)人。毕业于北大哲学系。1938年到延安"鲁艺"任教。50年代后任中科院文研所所长、《文学评论》主编。有《汉园集》、《夜歌》、《预言》等。抗日战争爆发后,何其芳回到老家万县任教,一面继续写作诗歌、散文、杂文等。诗歌是何其芳最先喜爱和运用的文学样式。他自称开始创作时"成天梦着一些美丽的温柔的东西",早期的作品鲜明地表现出一个知识青年的思想感情和个性。他不满丑恶的现实,又不清楚出路何在;他热切地向往着生活中美好的事物,但缺乏热烈的追求。于是较多徘徊于怀念、憧憬和梦幻中,只能留下寂寞和忧郁。

在诗歌方面,何其芳创作之初即十分讲究完整的形式、严格的韵律、谐美的节奏,并注意表现出诗的形象和意境。因此,他的诗明显地具有细腻和华丽的特色。在散文创作上,他自称"我的工作是在为抒情的散文发现一个新的园地",他善于融合诗的特点,写出浓郁缠绵的文字,借用新奇的比喻和典故,渲染幻美的颜色和图案,使得他的散文别具风格。

何其芳认为,从事文学研究必须要有广博的学识,不仅要广博,而且要扎实。因此,他主张读好书,多读书。何其芳读书,有做批注的习惯,许多很重要的思想见解,就批在他自己的书上,它们大部分没有被系统地整理过。整理这些批语,不仅对于何其芳研究,就是对于更广的意义上的文学研究,也都是非常有价值的。

李广田(1906—1968),号洗岑,笔名黎地、曦晨等,散文家。山东邹平人。他出生于王姓的农家,因家境贫寒,从小过继给舅父,改姓李。1923年考入济南第一师范后,开始接触"五四"以来新思潮、新文学。1929年入北大外语系预科,先后在《华北日报》副刊和《现代》杂志上发表诗歌、散文。1935年大学毕业,回济南教中学。曾与北大学友卞之琳、何其芳合出诗集《汉园集》,被称为"汉园三诗人"。他是中国现代优秀

的散文作家之一,抗日战争之前,创作了3本散文集:《画廊集》(1936)、《银狐集》(1936)、《雀蓑记》(1939)。1941年到昆明西南联大任教,先后出版了散文集《回声》、《欢喜图》、《灌木集》和《诗的艺术》等著作并积极参加抗日斗争和爱国民主运动。随着生活变迁和思想进步,他创作的《圈外》(1942)、《回声》(1943)、《日边随笔》(1948)等散文集,视野较前开阔,题材也更为多样,静美的气氛渐为战斗的锋芒所代替。这些变化,在杂文创作中表现得更为明显。

1928年新月书店平装初版《志摩的诗》

徐志摩：我是如此单独而完整

回首中国新诗百年，似感觉一生浸沉在诗般的生活之中，尽付于诗的，唯志摩一人。白话诗的创作，由胡适之《尝试集》发轫，至徐志摩的《志摩的诗》可说是到了黄金时期。

徐志摩的诗和以他为代表的新月派诗人的创作，真正让白话诗从中国古典诗词的母体脱胎出来，也日渐摆脱了模仿欧美浪漫主义、唯美主义诗歌的桎梏，形成中国白话诗的内涵和音律。

然而令人惋惜的是，志摩在诗歌创作正值盛年之时，却意外早逝，他对新诗风格的探索，戛然而止。这是中国诗运还是天命？既是偶然又有必然。这从今日中国诗歌的发展以及诗人之现状，可见一斑。这些诗人于百年中大都"忧郁地在这世界上走过，很快地为人们所忘却……"

志摩逝世后的新月社，也渐式微，尽管也走出如卞之琳、陈梦家、邵洵美等具有现代派诗风的诗人，但之后的新诗作品，在流传度和艺术性上，盖没超越志摩的诗。

1924年印度诗人泰戈尔访华后,徐志摩随其漫游日本、欧洲。回国后编辑《晨报副镌》,开辟《晨报诗镌》。1929年3月,泰戈尔专程来华,徐志摩一方面动员中国文艺家接待,还热情接泰戈尔共住在徐与陆小曼在上海的家中。泰戈尔还专门为徐志摩与陆小曼留下了中国墨宝孟加拉文小诗和自画像。

徐志摩于20世纪20年代初从事创作活动,前后10年,不幸早逝,年仅34岁。一生出版了四本诗集,《志摩的诗》、《翡冷翠的一夜》、《猛虎集》、《云游》,以及22篇译诗。其中《云游》的出版已是在诗人逝世之后,而每一本诗集,都是现代文学史上的重要作品,代表了诗人短暂的创作生涯和几个标志性的阶段。

一

《志摩的诗》,首版于1925年8月,是徐志摩自费排印,由新月书店出版,中华书局代印,排印仿线装本,用宣纸印,右翻竖排,收录诗人1922年至1924年诗作55首。因印数稀少,《志摩的诗》的首版,现在民间已十分罕见,上海图书馆藏有该版的底本。如今常被民国珍本书藏家津津乐道的《志摩的诗》初版本,现存于世的,大多是1928年新月书店重印的"平装初版"。平装本删诗15首,增1首《恋爱到底是什么一回事》。

《志摩的诗》平装本,采用道林纸印刷,书衣设计素朴而有意蕴,深蓝的封面,下端一方白雪覆盖的山峰,以简洁的几何三角形呈现,最妙的是三角形的下边以波浪形的曲线替代直线,其灰色、裸粉色和乳白色也以波浪形渐近呈现,立刻使平面的色块搭配,有了透视和动感。仿佛一方晶莹的雪山,遥遥地浮现于深邃的夜空,又如苍茫的大海上,波涛汹涌中耸立一座洁白的冰川。书名是志摩手书的隽逸小楷,印在山峰左上侧,乳白色与山峰的白色呼应。整个封面只有书名,没有作者、出版社,除却任何多余的东西,这一极简式的装帧设计风格,正是民国诗集显著的特点。

对这本处女诗集,徐志摩曾有这样的评价:"我的第一集诗——《志摩的诗》——是我十一年回国后两年内写的;在这集子里初期的汹涌性虽已消灭,但大部分还是情感的无关阑的泛滥,什么诗的艺术或技巧都谈不到。这问题一直要到民国十五年我和一多、今甫一群朋友在《晨报副镌》刊行《诗刊》时方才开始讨论到。"

诗人自谓第一本诗集是情感大于技巧的作品,但也正是这种自然流露的情感表达,让《志摩的诗》弥漫一种率性的天真,一种甜蜜的忧伤,给当时的民国诗坛吹来一阵清新之风。胡适评志摩诗曾说:"他的人生观真是一种'单纯的信仰',这里面只有三个大字:一个是爱,一个是自由,一个是美。他梦想这三个理想的条件能够会合在一个人生里,这是他的'单纯信仰'。他的一生的历史,只是他追求这个单纯信仰的实现的历史。"

的确,当我们读徐志摩的诗,他是性灵的抒写,而性灵的核心就是"真"。他说:"我要的是筋骨里迸出来,血液里激出来,性灵里跳出来,生命里震荡出来的真纯的思想。"

尽管诗人自己认为《志摩的诗》在技巧上并未着意,但阅读诗人这些早期的诗作,总惊异于诗歌的意象和韵律之间的自然圆润,尤其是在如何使白话诗葆有如古典诗词般朗朗上口的音律上,已相当成熟。如《月下雷峰影片》一首:

> 我送你一个雷峰塔影,/满天稠密的黑云与白云;/我送你一个雷峰塔顶,/明月泻影在眠熟的波心。/深深的黑夜,依依的塔影,/团团的月彩,纤纤的波鳞——/假如你我荡一支无遮的小艇,/假如你我创一个完全的梦境!

整首诗读来如此流畅而深情,每一句皆押韵,中间用两组相互对仗的叠词描绘出月影下西子湖畔、雷峰塔影的浪漫景致,用词贴切精巧,韵律回旋婉转,吟来犹在奏一首美丽的小夜曲。

这种不刻意依据严格的格律,但在遣词造句中考虑音律性,形成一种灵活的、天然的、内生的格律,正是徐志摩和闻一多在《诗镌》中着力探讨的新诗"格律化"。之后新月社的同人们,在新诗创作上努力尝试和倡导,"在一种规定的格律之内出奇制胜",以匡正当时诗坛上那种滥造的风气,矫正新文学运动提倡突破旧体诗格律束缚,而使白话诗流于自由散漫缺乏诗化特质的弊端，复兴古典诗歌中那种内容与形式的和谐与完美。让我们再读《沙扬娜拉》十八首最后一首（赠日本女郎）。诗人以一个构思精巧的比喻，描摹了少女的娇羞之态：

> 最是那一低头的温柔，/像一朵水莲花不胜凉风的娇羞，/道一声珍重，道一声珍重，/那一声珍重里有蜜甜的忧愁——/沙扬娜拉！

"低头的温柔"、"水莲花不胜凉风的娇羞"，两个并列的意象，妥帖地重叠在一起，让人感到一股清新的美感透彻肺腑，如吸进了水莲花的香气一样。"蜜甜的忧愁"当是全诗的诗眼，拉大了情感之间的张力，而且使其更趋于饱满。"沙扬娜拉"是迄今为止对日语"再见"一词最美丽的移译，既是杨柳依依的挥手作别，又仿佛在呼唤着女郎温柔的名字。诗人心中那悠悠离愁，千种风情，尽在不言中。

如今，若重新检验这百年新诗，真正经历时光淘洗而留下来的作品，确实是那内容上能表现深刻思想感情，在形式上又具音乐律动和美感的诗。新月社当时对新诗格律的探讨和追求，现在看来弥足珍贵。可惜随着新月社的凋零、时局的变动，新诗格律这种唯艺术性的话题，在抗战图强的强音中，似显不合时宜，无疾而终。这使日后现代诗歌之发展，存在着先天不足。尔后，经历民国的黄金时期，80年代的朦胧诗稍有复兴，如1978年前后，诗人北岛和芒克等创办《今天》。至1986年作家出版社出版了舒婷、顾城、江河、杨炼等的《五人诗集》后,似再也没有出现真正能广泛流传的作品,至少在我们大众的视野中,迄今尚未产生典范性的诗作以及与时代相配的诗人,且与中国古典诗词的艺术高峰相比,更是相去甚远。

我只能遥想,如若当时新诗的格律化能够真正建立起来,并借鉴古典诗词格律上的一些优点,深入到现代诗人的创作理念、标准中,兴许,在走过了百年后的今天,其繁荣之景象,该是另一番更丰富的独有的存在。当然,这只是个人管见,其间难处与驾驭文字、融合古今等,有待新的创见,方能有成。而对今日之诗歌的发展,仍只是停留在大喊大叫、自吹自擂、红色地毯金色奖杯,就算有了千万首诗,装裱于一个个锦绣书函之中,却依然只是过眼烟云而已。

二

徐志摩的第二本诗集《翡冷翠的一夜》,同是由新月书店于1927年9月初版,正是新月书店创始那一年推出的一系列先声夺人的作品之一。1927年6月27日,《申报》刊登了新月书店创始人,胡适、宋春舫、张歆海、张禹九、徐志摩、徐新六、吴德生、余上沅有关创办新月书店的启事,宣告新月书店正式成立。之后短短一年中,新月书店便出版了沈从文的《蜜柑》、闻一多的《死水》、陈西滢的《西滢闲话》、胡适的《白话文学史》和《庐山游记》，很快奠定了它在民国出版界的重要地位。而徐志摩的主要作品几乎都是由新月书店出版，且他的诗集和散文集一出版即售罄，成为畅销书，给书店经营带来了可观的现金流。

《翡冷翠的一夜》收录的是徐志摩1925年至1927年的主要诗作，正是诗人"生活上的又一个较大的波折的留痕"。1924年徐志摩与陆小曼相识，到发展成炽热的恋情，又因陆小曼与王庚的婚姻而引发社会与家庭的极大非议。为摆脱生活上的苦恼和困境，徐志摩于1925年3月11日启程往俄罗斯和西欧各国游历，途中在意大利的翡冷翠（即佛罗伦萨）短住，写下不少诗歌，其中最著名的一首便是与诗集同名的《翡冷翠的一夜》。

这本诗集中的诗作，不同于《志摩的诗》中明朗恬宁的基调，而是呈现更多对人生、运命、社会的诘问和思索，色调也变得沉重而忧郁，可以体味出诗人在个人生活和社会时局中的矛盾和恍惚。而在诗歌的形式和技巧方面，徐志摩也正处于探索期，他更重视新诗格律化的尝试，闻一多看了诗稿也在信中称"这比《志摩的诗》确乎是进步了——一个绝大的进步"。这一集中的一些诗，每句字数完全一致，类似律诗的形式。同时他吸收欧美浪漫主义诗歌的养分，在诗歌中巧妙融入了戏剧、小说、话本的元素，拓展了白话诗的丰富性。较有代表性的如《这年头活着不易》一首，写诗人冒雨往烟霞岭访桂不得，全诗以诗人与一偶遇的村妇的对话展开，语言活泼平实，而又充满诗意，诗人的痴与失意，村妇的无奈与爽利，刻画得活灵活现。

《猛虎集》是志摩生前最后一部诗集，是诗人艺术日渐成熟时期的作品。《再别康桥》这一中国新诗流传最广的名篇，便收录于这一集。《猛虎集》同样由新月书店于1931年8月初版，距诗人不幸逝世仅三个月。诗集收诗34首，另有7首译诗。书衣是黄地墨笔绘成的一袭写意虎皮，设计传神而大胆，是民国书衣中不可多得的佳作。

诗集取名"猛虎"是诗人希望以诗对抗现实生活，诗是徐志摩对"美、自由、爱"理想人生境界追求的寄托和救赎。他在诗集序言中写道："我这次印行这第三集诗没有别的话说，我只要借此告慰我的朋友，让他们知道我还有一口气，还想在实际生活的重重压迫下透出一些声响来……不用劝告我说几行有韵或无韵的诗句是救不活半条人命的；更不用指点我说我的思想是落伍或是我的韵脚是根据不合时宜的意识形态的……这些，还有别的很多，我知道，我全知道……我再没有别的话说，我只要你们记得有一种天教歌唱的鸟不到呕血不住口，它的歌里有它独自知道的别一个世界的愉快，也有它独自知道的悲哀与伤痛的鲜明；诗人也是一种痴鸟，他把他的柔软的心窝紧抵着蔷薇的花刺，口里不住地唱着星月的光辉与人类的希望，非到他的心血滴出来把白花染成大红他不住口。他的痛苦与快乐是浑成的一片。"

每次重读志摩在《猛虎集》序言中的这段自白，总升起一种悲凉与感动混杂的情绪，在大时代滚滚的烟尘下，在所有人都发出民族存亡的强音时，诗人仍执拗地通过诗葆有难得的纯真和独立，尽管现实失败，仍是一往无前的理想主义。《猛虎集》中的许多诗，都是在这样的心境下写成的，相较《志摩的诗》中如清泉石上流般自然挥洒的纯真诗情，《翡冷翠的一夜》中颓废矛盾的挣扎，《猛虎集》中的诗作有一种如王国维所言的"无我之境"的澄然和透彻，诗的内容与形式臻于完美的融合，将新诗的艺术境界推向前所未及的顶峰。

《猛虎集》出版仅三个月后，志摩便如一片云彩，消失于西天浓重的雾霭之中，令整个民国文坛震惊、哀泣，徐志摩的一生是诗化的一生，连死亡都如此充满诗意。

三

志摩离世后，新月书店出版了他的遗作诗集《云游》，收录了13篇作品，书前有陆小曼的序言，其中《云游》一首，仿佛是诗人一生的写照。

> 因为美不能在风光中静止；/他要，你已飞渡万重的山头，/去更阔大的湖海投射影子！/他在为你消瘦，那一流涧水，/在无能的盼望，盼望你飞回！

可人间宇宙，人生命运，一如徐志摩那样的奇诗人，任谁也无力盼他飞回了。他便一如《红楼梦》第七十回中，那大观园中竟放风筝时,某种预卜:"宝玉一面使人拿去打顶线,一面又取一个来放。大家都仰面而看,天上这几个风筝都起在半空中去了。""万缕千丝终不改,任他随聚随分。韶华休笑本无根,好风频借力,送我上青云!"其意蕴也似暗示着"悄悄的我走了,正如我悄悄的来;我挥一挥衣袖,不带走一片云彩"。而时空相隔163年,徐志摩以34岁的英年,留一卷诗于世间,也留下了和几个女人的一段情,一如大观园内的风筝一般,随风而去……

徐志摩美丽而伤感的爱情故事震撼现代人,追求心灵深处的共鸣,无怨无悔的单纯和真切,让充满时代气息的现代人看得满眼迷惑,一方面怀疑世界上竟有如此的痴情,另一方面却又对这种浪漫的爱情给予至高无上的敬意。问世间情为何物?直叫人生死相许!同样,在一代诗人徐志摩的心中,他要的是"寻求灵魂上之唯一伴侣,得之我幸,不得我命"。这就注定了他一生的悲剧,伟大诗人徐志摩短暂的人生连同一架飞机坠落了。虽然,诗人突兀的离世,使曾经他身边的四个女人悲痛不已,也引发了他们为了诗人遗留在人间的"百宝箱"所藏的大量诗稿、手迹、信件、日记,争论了半个多世纪。

但是他真的没有带走一片云彩吗?在半个世纪后他又重新被拂去人世间的尘土,被后人重新解读。历史会取舍,也会保留。生前事,身后名,那不重要,重要的是一本本诗集,一首首诗;而不是一个人,更不是一段情。作为新月派的一个重要诗人——创作思想比较复杂的诗人,他那驳杂的思想感情,在他的诗歌创作中都表现了出来,因此几十年来人们对他的作品的评价也是众说纷纭,毁誉参半。诗人走了,犹如一只风筝放飞到高空断线,随风而驰。然而,这样奇特的诗人,我们不能忘,也许几百年后,人们依然不会忘,因为我们需要这样的诗人。

我想,关于徐志摩的文章,人们已经写得很多,最后,还是以虞琰的一首短诗,作结此文:

> 原野布满了狂风,
> 狂风吹起了灰尘;
> 痛快的飞腾、喊叫与奔跑,
> 是这一个走掉了的诗人!
> 关外布满了马蹄,
> 马蹄踏断了草颈。
> 这时应当有千百万首诗,
> 我们在需要这一个诗人!

(1932年《诗刊》第四期,《志摩纪念号》)

《志摩的诗》初版本

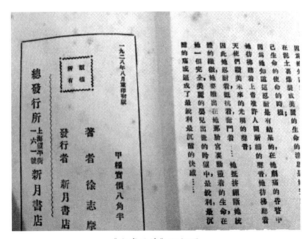

《志摩的诗》版权页

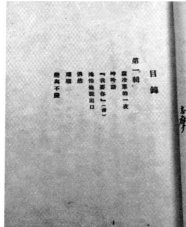

《翡冷翠的一夜》封面及版权页、目录页

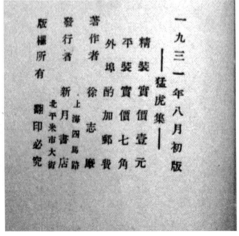

《猛虎集》封面及版权页

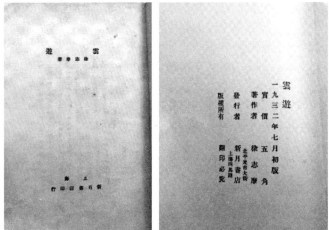

《云游》封面、扉页及版权页

妙诗赏读

秋月

一样是月色，
今晚上的，因为我们都在抬头看——
看它，一轮腴满的妩媚，
从乌黑得如同暴徒一般的
云堆里升起——
看得格外的亮，分外的圆。
它展开在道路上，
它飘闪在水面上，
它沉浸在
水草盘结得如同忧愁般的水底；
它睥睨在古城的雉堞上，
万千的城砖在它的清亮中呼吸，
它抚摸着
错落在城厢外内的墓墟，
在宿鸟的断续的呼声里，
想见新旧的鬼，
也和我们似的相依偎的站着，
眼珠放着光，
咀嚼着彻骨的阴凉：
银色的缠绵的诗情
如同水面的星磷，

在露盈盈的空中飞舞。
听那四野的吟声——
永恒的卑微的谐和，
悲哀糅和着欢畅，
怨仇与恩爱，
晦冥交抱着火电，
在这夐绝的秋夜与秋野的
苍茫中，
"解化"的伟大
在一切纤微的深处
展开了
婴儿的微笑！

沙扬娜拉
——赠日本女郎

最是那一低头的温柔，
像一朵水莲花不胜凉风的娇羞，
道一声珍重，道一声珍重，
那一声珍重里有蜜甜的忧愁——
沙扬娜拉！

（本诗最初有18首，收入1925年8月版的《志摩的诗》。再版时，诗人拿掉了前面17首，只剩下题献为"赠日本女郎"的最后一首。）

再别康桥

轻轻的我走了,
正如我轻轻的来;
我轻轻的招手,
作别西天的云彩。

那河畔的金柳,
是夕阳中的新娘;
波光里的艳影,
在我的心头荡漾。

软泥上的青荇,
油油的在水底招摇;
在康河的柔波里,
我甘心做一条水草!

那榆荫下的一潭,
不是清泉,是天上虹,
揉碎在浮藻间,
沉淀着彩虹似的梦。

寻梦?撑一支长篙,
向青草更青处漫溯,

满载一船星辉,
在星辉斑斓里放歌。

但我不能放歌,
悄悄是别离的笙箫;
夏虫也为我沉默,
沉默是今晚的康桥!

悄悄的我走了,
正如我悄悄的来;
我挥一挥衣袖,
不带走一片云彩。

（写于1928年11月6日,初载1928年12月10日《新月》月刊第1卷第10号,署名徐志摩。）

徐志摩(1897年1月15日—1931年11月19日),名章垿,字槱森,浙江海宁人。1915年毕业于杭州一中,先后就读于上海沪江大学、天津北洋大学和北京大学。1918年赴美国克拉克大学学习银行学。十个月即告毕业,获学士学位,得一等荣誉奖。后就读于美国哥伦比亚大学和英国剑桥大学。留学英国时改名志摩。回国后曾任北京大学、清华大学教授。

1921年开始诗歌创作,在剑桥两年深受西方教育的熏陶及欧美浪漫主义和唯美派诗人的影响,奠定其浪漫主义诗风。曾与胡适、梁实秋、闻一多等创办《新月》月刊。是新月派代表诗人。曾经用过的笔名有:南湖、诗哲、海谷、谷、大兵、云中鹤、仙鹤、删我、心手、黄狗、谔谔等。

1926年任光华大学、大夏大学和南京中央大学(1949年更名为南京大学)教授。1930年辞去了上海和南京的职务,应胡适之邀,再度任北京大学教授,兼北京女子师范大学教授。1931年11月19日因飞机失事罹难。代表作品有《再别康桥》、《翡冷翠的一夜》。

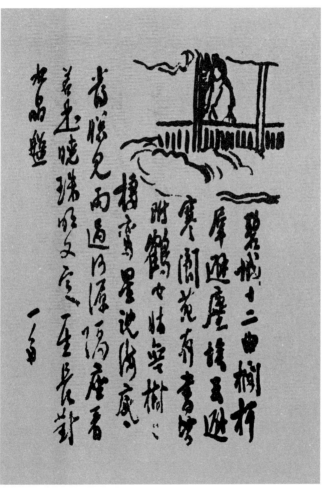

闻一多为徐志摩题诗作画

印度诗人泰戈尔为徐志摩、陆小曼作画写诗

北新书局1927年7月3版毛边本《浪花》

人生就是一朵浪花
——读C.F.女士诗集《浪花》

一

弗吉尼亚·伍尔芙曾言，女人若想思想自由，就去写作吧。中国女性作家群体的崛起，始自新文化运动和五四运动。之前尽管也有些有名的女诗人一如李清照、柳如是等，但数量稀少，未形成足够的群体关注。直至几千年帝制结束，五四运动倡导自由、平等、独立，极大地解放了社会思想，使得女性得以受到良好的教育，萌发了文学创作的自我意识，也具备了发表作品的渠道。1933年，上海光华书局出版了《当代中国女作家论》，便已列举了由新文化而产生出的女诗人群体，如冰心、庐隐、C.F.女士、沅君、学昭、凌叔华、白薇、曙天、陈衡哲、沈性仁、袁昌英、林兰、张娴、高君箴、陆小曼、蒋逸霄、丁玲、苏雪林等数十位女作家，构成了民国文坛一道独特的风景。其中，我注意到C.F.女士，是因为我收藏有一本民国初期的新诗集，作者就是C. F. 女士。然而C. F. 女士究竟是何人，她除了这本诗集，还有哪些作品，却是云深不知处，渺无踪迹，鲜为人知。

尽管如今网络信息发达，但关于C. F. 女士的资料，却十分零散，或是语焉不详，连生卒年月都模糊，只能够大致还原出她的生平家世。C. F. 女士原名张近芬，字崇南，江苏南翔人（现上海市嘉定区南翔镇），张家是当地书香望族，居住在古漪园后的"张六房"。张近芬毕业于江苏第二女师，后任该校附属小学教员多年，之后在上海同德医校学习。由于成绩优秀，又去德国柏林大学攻读公共卫生。张近芬的哥哥张近枢是嘉定第一个医学博士，回国后担任同德医院院长，妹妹张近澂也喜爱文艺，是一位文学青年。南翔张家三兄妹，颇有合肥张家四姐妹的风范。张近芬在学生时代便热爱文学，早年便参与了由老舍、冰心、叶圣陶、朱自清、俞平伯、顾颉刚、刘半农、丰子恺等组成的文学研究会。20年代初开始，张近芬便已在《民国日报》的多种副刊、《学生杂志》、《小说月报》等报刊上发表诗文，她还是《学生杂志》的第一位女投稿者。

张近芬发表的作品中最多的是翻译作品，如她翻译英国文学家奥斯卡·王尔德的《晨光》、《我心的孤独》、《黄色中的谐音》等诗作，发表在《民国日报》的《觉悟》副刊上，她还翻译了美国诗人惠特曼的《玛德的密露》，发表在1922年的《晨报副镌》上，并在附记中叙述了选择翻译惠特曼，是因为他诗中洋溢的"勇往直前、不尚诡辩，爱自由自立的热烈的精神"。她还参与了多部童话作品和小说的翻译，如法国的《纺轮的故事》、南非的《梦》、丹麦安徒生童话《旅伴》等。当时的张近芬尚在求学中，但外语已十分出色，是那个年代不可多得的一位女性译者。

陈学勇先生也与我一样关注C. F. 女士，他撰文补遗发现1923年《清华周刊：文艺增刊》第四期上，还刊登了张近芬的一篇短篇小说《或人之恋爱》，尽管小说情节平淡，但其中描写涉及男性青年同性之间的暧昧感情，在当时民国小说中还是相当前卫和大胆的。不知是否与C. F. 女士喜爱王尔德有关。翻译王尔德的诗作的同时自然会读到诗人的生平。王尔德因同性爱情在文坛掀起的波澜和导致的人生悲剧，是否对她有所触动从而写入了小说之中，也未可知。

诗歌、小说、翻译、散文，在张近芬的文学生涯中，都有所涉猎，但她并未打算把文学作为主业，她有热爱的医学专业，写作只是她的爱好。在赴德国留学后，便甚少有作品问世，仅在当时由邹韬奋主编的《生活》周刊上，刊载了她于1928年5月所写的《游德的观察》。

二

《浪花》是C. F. 女士出版的第一本，也是唯一一本诗集。初版本于1923年问世，几个月后，因为读者对这部诗集的青睐便再版。之后于1927年7月，又发行了第三版，由北新书局出版。我收藏的正是这一版本。书装设计也是简洁的风格,整个封面正中,印一张天蓝色的照片,一幅海豚跃出海面,溅起一圈白浪的画面。照片上方用深蓝色字体印有书名"浪花"和作者"C. F. 女士"。

萧乾先生曾感叹:一部"北新书局"出版史,几乎就是中国现代"半部文学史"。鲁迅的《呐喊》、《彷徨》、《朝花夕拾》,周作人的《自己的园地》、《风雨谈》、《雨天的书》,冰心的《春水》,郁达夫的《迷羊》、《日记九种》、《达夫短篇小说集》等一大批现代文学名著,都是由北新书局出版的初版本。"北新"即当年"北京大学新潮社"的简称。北新书局的创始人及主持人李小峰,毕业于北京大学哲学系,他也是新潮社社员。在处理新潮社出版事务的过程中,李小峰与孙伏园萌生了创办书局的念头。这一设想得到了鲁迅等人的支持,鲁迅与李小峰在北京大学有师生之谊,于是1925年3月北新书局在北京翠花胡同正式开张之后,鲁迅的主要著作大多都由北新书局出版。

李小峰与张近芬,当时是一对恋人,两人合译了一些童话作品,李小峰还被鲁迅戏称为C. F. 男士,《浪花》的出版,也是李小峰亲自编定和一手操办的。尽管《浪花》的第三版是由北新书局出版,但从诗集初版的年份来看,当时北新书局尚未成立,应是由北新书局的前身新潮社出版。这由鲁迅日记中所记录的收到《浪花》诗集的时间也可以看出。1923年5月20日,鲁迅日记有载:"伏园来,赠华盛顿牌纸烟一合,别有《浪花》二册,乃李小峰所赠托转交者。夜去,付以小说集《呐喊》稿一卷,并印资二百。"由此可以看出,《浪花》初版,应早于《呐喊》,

而《呐喊》的初版本,是由新潮社出版,为"新潮文艺丛书"一种,可以推测《浪花》初版本应为北新书局的前身"新潮社"出版。只是诗集初版本已无从寻觅,无法完全证实我的这一推测。

李小峰与张近芬,两位志同道合的人,后来却分手了,各人都另找新人结婚。据《鲁迅日记》记载,1930年4月19日,"李小峰之妹希同与赵景深结婚,因往贺,留晚饭,同席七人"。由此可见李小峰与鲁迅关系不一般。当时李小峰妹妹与赵景深的婚礼,放在上海大中华饭店举行,被邀者有当时另一位女诗人虞岫云(她是富商虞洽卿的孙女),恰鲁迅与她同时出席。鲁迅对当年的女诗人虞岫云本无太多好感。故贺玉波在《鲁迅的孤僻》一文中说到,在李小峰邀请鲁迅出席其妹的婚宴上,鲁迅态度十分冷峻。贺在文中说:"那漂亮的徐霞村,陪着瘦削的沈从文,把新进的女诗人虞女士包围在一起,混得怪有趣而快乐。"

贺文中还说道:"于是,我再把眼光投到鲁迅的身上,他却仍然如前孤零零地坐在那里,只是痴看着,默想着,不说一句话。"于是后来1933年和1934年,鲁迅先后撰文嘲讽"能写几句'阿呀呀,我悲哀呀'的女士,做文章登报,尊之为'女诗人'",这是鲁迅对这位富商孙女虞岫云之嘲讽。这是否是由于李小峰把鲁迅安排在那种场合,由此引发鲁迅对这位富商出身的女诗人的反感呢?

我想,这只是与李小峰有关的当年文坛的一个小插曲,有待专家进一步考证。

三

C. F. 女诗人的诗集《浪花》，共分三辑。第一辑为翻译的诗作，第二辑则是诗人原创的诗歌，第三辑为翻译的诗化小说和散文。

第一辑中收入译诗27首，译诗选择的对象十分广泛，从中可以一窥C. F. 女士的诗歌品位和偏好。翻译作品中英国诗人的作品最多，从古曲浪漫主义的雪莱、威廉·布莱克，颓废唯美主义的代表诗人王尔德，维多利亚时代的桂冠诗人丁尼生，到与布朗宁夫人齐名的英国最伟大的现代女诗人克里斯蒂娜·罗塞蒂。

引发我兴趣的是克里斯蒂娜·罗塞蒂，因为这位女诗人常以神秘、纤细而美丽圣洁的形象出现在我非常钟爱的拉斐尔前派的画作之中。克里斯蒂娜·罗塞蒂1830年12月5日出生于伦敦的一个知识分子和艺术家家庭，父亲是意大利移民，任伦敦国王学院意大利语教授，她的大哥但丁·加百利·罗塞蒂（Dante Gabriel Rossetti, 1828—1882）是一位诗人和拉斐尔前派中的代表画家，她的二哥威廉·迈克尔·罗塞蒂（William Michael Rossetti, 1829—1919）则是一位批评家、传记作家。

克里斯蒂娜从小受到良好的家庭教育，精通拉丁语、意大利、法语、德语等多种语言，17岁便由祖父在自己的出版社出版了一本诗歌集，之后的诗作常发表于拉斐尔前派的杂志中，一生出版了多部诗集。弗吉尼亚·伍尔夫曾说:"在英国女诗人中,克里斯蒂娜·罗塞蒂名列第一位,她的歌唱得好像知更鸟,有时又像夜莺。"

拉斐尔前派是英国唯美主义的先声,它在20年代被引介到中国后,带动了当时的文艺界唯美主义的风潮。《浪花》中,C. F. 女士翻译的是克里斯蒂娜·罗塞蒂的名作《歌》。这首诗徐志摩也有流传甚广的译诗,刊登于1928年6月10日《新月》月刊第1卷第4号,之后又收入徐志摩1931年由上海新月书店出版的《猛虎集》中。罗大佑的第一首歌,正是用徐志摩版的这首译诗谱曲而成。

现代文学研究者普遍认为,民国文艺界对拉斐尔前派的了解源于1926年1月出版的《现代评论》(第一周年增刊)上发表的徐志摩译加百利·罗塞蒂的诗《图下的老江》(John of Tours)。1928年,正值拉斐尔前派作家加百利·罗塞蒂百年诞辰纪念,整个文艺界,拉开了声势浩大的"拉斐尔前派"热的序幕。1928年5月出版的《小说月报》第19卷第5号上,刊登了加百利·罗塞蒂的自画像、诗作及赵景深的纪念文章《诗人罗赛蒂百年纪念》。6月《新月》杂志又刊登了此文,闻一多详细介绍以罗塞蒂为核心的拉斐尔前派的评论文章。同一年吴宓主持的《大公报·文学副刊》也发表了一系列纪念和介绍文章,后又转载于同年9月出版的《学衡》第65期。

还有不得不提的是对拉斐尔前派最热心的介绍者邵洵美。1928年7月,邵洵美主持的《狮吼》半月刊复活号第二期,为"罗塞蒂专号",其中有邵洵美的《D. G. Rossetti(1828—1882)》一文。之后邵洵美与他的诗人朋友们,翻译了众多拉斐尔前派代表人物的作品，他自己的诗歌风格也偏向唯美派。

如今，当我读到C. F.女士的这个译本，从发表时间来看，显然要早于徐志摩，而且甚至可能是这首诗最早的中文译本。在拉斐尔前派被集中介绍到中国前，C. F.女士已经率先关注了罗塞蒂的诗歌，可见她很早就关注这一流派的文学作品了。徐志摩在翻译罗塞蒂的《歌》时，是否已读过C. F.女士所翻译的版本了呢？我们无从知晓。当时，正值徐志摩创立新月社不久，大凡当时受到关注的新诗集，徐志摩大都读过，且对年轻诗人都会报以极大的鼓励。比较C. F.女士和徐志摩的译文，可以发现徐志摩的译诗，更贴近原诗，更正了C. F.女士译诗中的几处错误和不够准确的地方，语言也更有诗的韵味。

另外，C. F.女士还翻译了泰戈尔《园丁集》中的数首作品，泰戈尔与民国诗坛渊源颇深，影响力最广的、最为人津津乐道的自然是泰戈尔1924年的那次访华之旅以及与诗人徐志摩的交谊。1913年，泰戈尔以《吉檀迦利》一书，成为第一位获得诺贝尔文学奖的亚洲人。

最早翻译泰戈尔作品的人是陈独秀，1915年10月，他在《青年杂志》第1卷第2期上，发表了他翻译的泰戈尔的四首诗。随后刘半农、郑振铎、冰心、徐志摩、黄仲苏等人也翻译了泰戈尔的诗歌和小说。冰心的诗集《繁星》的诞生，便是直接受泰戈尔《飞鸟集》的影响，徐志摩等诗人的新月诗社，也有泰戈尔《新月集》的影子。冰心在1952年译出了泰戈尔的《园丁集》，成为其在中国出版的第一个完整译本。可见《浪花》中，C. F. 女士在1922年已翻译的《园丁集》中的诗歌，应是非常早的译作。

除了英译的诗歌，C. F. 女士在《浪花》中还翻译了日本《古今集》和《万叶集》中的数首和歌。《浪花》第三辑中，收录的诗化小说和散文译作，也源自日文作品。可见C. F. 女士精通日文，且对日本文学有相当的喜爱。《万叶集》是日本最早的诗歌总集，相当于日本的《诗经》，而《古今集》则是第一部由天皇钦定的古典诗歌集。

民国时期对日本文学的介绍和翻译，当推周氏兄弟，特别是周作人。周作人1918年发表的《近三十年来日本小说之发达》一文，是中国第一篇论述日本近代文学发展过程的文章，具有开创意义。以日本诗歌来说，周作人于1921年写过一篇《日本的诗歌》，最初发表在1921年5月10日的《小说月报》上。商务印书馆在1924年出版的一册小说月报丛刊中收录了这篇文章，以及《日本诗人一茶的诗》、《日本文坛之现状》、《日本的小诗》等数篇文章。在《日本的诗歌》这篇文章中，周作人详细地介绍了日本诗歌的发展、沿革和特点，从和歌到俳句、川柳等多种形式，都有涉猎，可以说是最早系统介绍日本诗歌的文章。周作人对日本诗歌非常钟爱，1921年，周作人在《新青年》第9卷第4号上，发表《杂译日本诗三十首》，翻译的30首日本诗歌，出自13位日本诗人，大部分是与他同代的，其数量位居《新青年》刊载翻译诗歌之首。此后，周作人开始大量译介日本诗歌，在《晨报副镌》、《努力周报》、《小说月报》、《东方杂志》等刊物上刊载，并相继发表《日本俗歌四十首》、《石川啄木的短歌》等文章。1925年，《陀螺》出版，此集为周作人所译外国诗歌小品集，共有译诗280篇，其中日本诗歌有176篇，占很大篇幅。

当时酷爱新文学的C. F. 女士，是否因为读了周作人的文章和译诗，而选择翻译了《古今集》和《万叶集》中的和歌作品？周作人曾把日本诗歌的特点归纳为："用了简练含蓄的字句暗示一种情景，确是日本诗歌的特色，为别国所不能及的……但因此却使翻译更觉为难了。"读《浪花》中C. F. 女士翻译的和歌，尽管没有原文对照，但能感受到日本古典文学中，那空灵且有禅意的特质。想来C. F. 女士，应是很喜欢自己这些译诗的，所以把它们放在诗集的起首。

四

《浪花》第二辑中收录的是C. F. 女士原创的诗作，共58首，多写于1922年，其时她正在医校用功读预科。从诗歌的题目，如《野花》、《撒下的种子》、《海棠》、《钟声》、《小雀》、《夏去秋来》等，能看出C. F. 女士的诗歌创作，多是由周边景物兴感而发，寄托了青春少女对人生、世界、情感的认知和共鸣。诗歌的语言也是浅白自然的风格，并没有太华丽的修辞和晦涩的雕琢，谈不上太多的诗歌技巧，所采用的意象，也多是春花、秋雨、鸟雀、山林等自然景物。

诗人在再版序言中，也感到自己的诗作尚不成熟，且主业是学医,文学创作只是爱好,她在再版序言中说道:"这些散漫的文字,是最幼稚,最弱小不过的灵感的表象,去年五月,已不揣简陋的出现过了。不到六个月,本社来信谓有再版的必要。终以人事太忙,此时才得偷些空来,把本集略加修改,再行付印,那是要请阅者诸君原谅的!近年来文艺界可算十分发达,而尤其以诗集为最风行。《浪花》这渺小的东西,不过是课余漫写的陈迹;若说要挨到文艺界中出一点风头,那是不敢!我不是诗人,更不是文学家;不过是一个还在学生时代的学生。请阅者诸君要用另外一副眼光看待。"

C. F. 女士诗歌最大的特色便是清新活泼,纯真挚诚。如《假若》一诗:"假若我是一条小河,/我要跳动闪烁在碧绿的田旁,/和白雪似的小羊作伴;/假若我是一条小河,/我就要这样。//假若我是一颗小星,/我要照耀出灿烂的光明,/引导海面上渡人的水手和林间迷路的旅客;/假若我是一颗小星,/我就要这样。"(1992年1月15日)

尽管现在再读这些诗歌,会觉得单薄普通,但在当时白话诗最初萌芽的阶段,一位尚在求学的少女,能用完全新鲜的语言,突破文言文的禁锢,坦率地表达所思所想,自然让读惯了古体诗的读者,感到眼前一亮。

五

1928年之后,C. F. 女士便再没有作品问世,突然在文坛消失了。在民国旧报旧刊中翻找,终于找到一丝女诗人张近芬的消息,然而没想到却是时载张近芬英年早逝的消息。1947年《妇女月刊》介绍了张近芬女士"已故"的讯息,后又据《中国现代文学作者笔名录》记载《黄炎培日记》第6卷中,有"1939年7月15日 挽黄季陆夫人张近芬联",遂定她的卒年为1939年。

黄季陆,字学典,名陆、季陆,四川叙永人,早年参加民主革命,并参与反对袁世凯的活动。黄季陆毕业于复旦公学,1918年赴日本,入庆应大学。后转赴美国,入威斯灵大学学政治。旋入俄亥俄州立大学,先后获学士、硕士学位,之后又赴加拿大入都朗杜大学,任《醒华日报》主笔。抗战期间,黄季陆任国民党内政部常务次长、三青团中央团部常务干事和宣传处处长,还担任过四川大学的校长。也许是因为黄季陆的关系,张近芬在抗战中也得以在民国政界做事,且她仍然热心于文艺。

1938年5月,张近芬在国民党第五战区,出资做"诗歌资金",举办诗歌评选活动,邀请臧克家等诗人当主选。季陆受了近芬的影响,自称是"半个文化人",并曾在汉口美的冰室,邀请作家、诗人、戏剧家、编辑、出版家集会。集会云集了当时因抗战聚集在武汉的众多文艺界知名人士,如臧克家、黑丁、曾克、田涛、碧野、欧阳红樱、姚雪垠、李辉英、张周等。女诗人高兰就曾经回忆自己第一次见到萧红,便是在黄季陆和张近芬举办的文艺集会上,这可能是C. F.女士在文坛留下的最后的华丽身影。

诗人C. F.女士,如一颗划过夜空的彗星,一朵翻涌而过的浪花，一瞬的光芒后，匆匆消逝，只在诗中留给读者们一个蹁跹迷人的梦。

正如，她在《我愿》中所写："我愿做个舟子，／当月白风清之夕／驾着一叶扁舟／飘扬在茫无边际的大海里；／纵使经些巨浪狂澜，／我也瞻得世界的伟大了。"

但是，人生无常，所有在她以后应该看到的许多事，包括她内心想表达的许多美妙之诗，她却都看不到了，这就成了她作为一个女诗人的遗憾。真的，我不知女诗人是怀着怎么一种对诗和人世的眷恋，离开人世的！

妙诗赏读

夏去秋来

凤仙花开了,梧桐叶转为黄色了,
甜蜜的山薯也次第成熟了。
日中的寒蝉,晚间的蟋蟀,
都报道秋将来了。
垂熟的稻田,白棉的花叶,
时在空中呼啸;
点点滴滴的小雨,不住的往下飘;
这个仿佛是自然向垂去之夏说:
"别了!别了!"

撒下的种子

撒下的种子,
还渺无消息;
乱草野花
已在其中滋生了。

轻轻地
将野花摘去,

乱草拔出，
汲取泉水，
一瓢一瓢地灌溉。

过了几天，
透出一瓣两瓣的嫩芽来了；
又过几天；
已满园青青了。

几个童儿经过看见了，
鼓着手掌欢呼：
南风吹来时，
将开了黄花，
结着甜瓜了！

小雀

小雀儿，你顺受我的豢养罢！
要知你终逃不出这笼子。
吱，吱，吱地劳拂答着说：
"你关得服我的心吗？
捉得尽我的同类吗？"

张近芬（?—1939），字崇南，笔名有C. F.、C. F.女士等。江苏南翔（今上海市嘉定区南翔镇）人。参与文学研究会，20世纪20年代初开始文学、翻译创作，作品多发表于《晨报》、《民国日报》的副刊，以译文著称，译有小说、诗歌等。出版诗集有《浪花》，翻译童话《旅伴》、《梦》、《纺轮的故事》。这位女诗人资料罕缺，照片等难于寻找。

附录一：

陈学勇：张近芬的"爱情小说"

真是难得，有人说到张近芬了。近张建智先生撰《读民国女诗人C. F.的〈浪花〉》，发表前示我电子稿，我即奉喻，她也写过小说。署笔名C. F.的张近芬，一度活跃于20世纪20年代《晨报》《民国日报》的副刊,以译文著称,译小说,译诗歌。《浪花》诗集编为三辑,一、三两辑均是译作。又译童话,安徒生的、格林的,与林兰(李小峰)合译的安徒生童话《旅伴》至今受人追忆。

张近芬的短篇小说《或人之恋爱》刊于《清华周刊》一九二三年第四期的《文艺增刊》,仍署名C. F.。小说几乎没有情节,一对热恋的大学生湘亭和仲,在周末夕阳余晖里携手乡间小路,沉浸欢爱,情意绵绵。湘亭竟觉得,以后结婚的快乐不过如此,因而冒出一句,"想挂起独身主义招牌"。仲未搭话茬,忽而看到前处半掩门扉的平屋,盖成工字形,不中不西。屋内陈设简朴雅致,两个年轻男性正促膝执手,轻轻絮语。湘亭和仲见此心有所动,悄悄退了出来。返回时遇本地老者才知,屋内絮语的两个青年,原是发小,上学时形影不离。如同湘亭、仲一样,也是一次校外邂逅,无意中发现一座小屋,同居着两个男青年,于是这对发小仿效他们,也这般同居。小说结尾,"湘亭与我一声不作,低着头相对呆立了几分钟,又仰起头来,互相注视一忽,几步一回头看那工字房屋,徐徐的回校来了"。呆立,注视,回头,兆示对眼前平屋主人情爱的认可?接受?

如题目明示,《或人之恋爱》呈现的是人间恋爱的另类,我们国情刻板,人们历来不齿这另类。小说里老者说:"我活了七十一年,这种生活倒是头一次碰见。"然而作者包容地正视它的存在,且不无肯定的意思。通常守旧的老者也未予斥责,此乃作者的特意设定。同性恋题材小说在民国女性作家笔下实属罕见，男作家的也不多，张近芬早在20年代初已然涉笔。写此类题材，其他作家兴趣在铺陈故事，张近芬则意在伦理褒贬。可见《或人之恋爱》自有它的特别，文学史家不妨注目。

约四千言的《或人之恋爱》，长于景色描写，文字绮丽而适度；刻画人物心态、语气，辅以细微动作恰到好处。构思尤为别致，但未得充分展开，含蓄有过，影影绰绰。看来作者不擅小说技艺。除部分景物描绘，全篇尽是人物对话，恋人间的对话，恋人与老人的对话。抒情压过描述，近乎散文。亦大可看作一首诗歌，颇具诗的意境。

我所寓目的张近芬小说仅此一篇，或许是她的第一篇，或许又是她最后的一篇。有"作者笔名录"记述她还有一篇小说《镜子》，刊于《民国日报》"觉悟"副刊。那是误传，实乃译作，译自一位法国作家。

张建智先生未详C. F. 女士卒于何年。我所知，有工具书记载是1940年；她家乡嘉定有人考订在1939年，后者似较确。她生年更无一点文字依据，猜想在1900年前后吧，那么天年是四十上下，居下的可能大些。英年早逝了，叫人很是惋惜，至少译界失去一位前景可期的女翻译家，而中国的女译家太少。不过也难说，她原本学医，后来终究出国学了"公共卫生"。

那时其妹张近澂也在翻译文学作品，以后似也无以为继。此顺便录一首《我的蔷薇花》："蔷薇，我友，这样的／温和仁爱的弱者，／拳曲枯落在／热烈的阳光中。／我用满杯的水，／轻轻地为你浇灌着。∥蔷薇，我爱友呵⋯⋯／静坐在痛苦的阳光中,/拳曲而枯落。/我给你这杯甘露,/用我的精神灌注着!/但不是你苏生。"诗中注明该诗"译自德国Lenaus Werko"。

(载于《文汇报·笔会》2017年4月11日)

附录二:

张近枢,民国女诗人张近芬的哥哥,1912年首届同济德文医学堂毕业生。毕业后在上海行医。1916年同江逢治在上海组建中华德医学会,任副会长。1917年中华医学会上海支会成立,张近枢任书记。1918年中华德医学会创办私立同德医学专门学校,江逢治任校长,张近枢任教务长。1919年2月,学校设附属同德医院于青岛路,供学生临床实习,推张近枢为院长。

1932年11月新月书店初版《落日颂》(线装型宣纸毛边本)

黄昏的缄默：诗人曹葆华

一

北京慈慧殿街三号是一处闹中取静的住所，1933年刚取得博士学位归国的朱光潜便住在那个小院中。在北京大学执教没多久，朱光潜便兴冲冲地发起了北平读诗会，每月一次，偶尔两次，备下茶点美食，吟诗、读剧本，讨论时髦的文艺现象。来者多为朱光潜的文友们，梁宗岱、周作人、叶公超、徐志摩、林徽因、沈从文、李健吾、孙大雨、俞平伯都时常光临。读诗会也吸引了不少冉冉升起的文坛新星、青年诗人，形成了中国新诗发展中的第二个黄金时代。其中最受瞩目的便是北京大学的汉园三杰，何其芳、卞之琳和李广田，以及清华大学的清华三杰，林庚、曹葆华和孙毓棠。

如今提到曹葆华，只知他是著作等身的马列主义理论翻译家，鲜有人了解他的诗作。然而，在清华三杰中，曹葆华出版诗集最早，且第一部诗集便得到了闻一多、朱湘、徐志摩的关注，还未毕业已获得"清华园中唯一的诗人"的称号。

曹葆华1906年诞生于四川乐山，先在乐山第一中学就读，中学期间他阅读了大量新文学著作，1927年他考入清华大学外国文学系。进入清华大学之后，曹葆华开始新诗创作，跟着他在清华大学的老师叶公超，几乎一天一首。1929年他自费印刷了《抒情十三章》，1930年他的第一部诗集《寄诗魂》由北平震东印书馆出版，内收长短诗37首。唐弢在书话中曾提到自己藏有初版的《寄诗魂》，毛边道林纸印，封面蓝地白文。

《寄诗魂》中的一些诗作在出版前已在《清华周刊》上刊登，闻一多读到了便给曹葆华写信，说他的不少诗有郭沫若的痕迹，但十四行诗是郭沫若没有的，是曹葆华自己的风格，自有一种凝重浑圆之气，反而是最好的。徐志摩则力邀曹葆华为他主持的《诗刊》撰稿，曹葆华也很感恩徐志摩的知遇之恩，曾经写了一首长诗《幻变》，副题便是"呈志摩先生"，也特地附上小序写道："谢谢他来信的激动，我一鼓气将此诗写成。"这首诗便发表在《诗刊》第2期上。

新月派诗人中，对曹葆华期望最为殷切的是朱湘，诗人在《寄诗魂》序言中坦言自己爱写诗，但又觉得自己并不适合成为诗人，想放弃写诗踏实做学术，正在矛盾纠结之中，收到了朱湘的信，原来朱湘读到他的诗，很是激赏，于是致信希望把更多诗稿寄他看，并鼓励曹葆华，称他同是"诗国的人民"。朱湘是曹葆华清华大学的学长，是当年的清华四子之一,同时也是年少成名的白话诗人,迷恋新诗的曹葆华自然读过他的诗集。能得到朱湘的肯定,对曹葆华来说自然是莫大的鼓舞,也坚定了他继续写新诗的意志,诗人在《寄诗魂》出版时,特地把诗集献给朱湘。

二

尽管曹葆华初写诗有模仿郭沫若的痕迹(郭沫若与诗人同为乐山人,当时已因为《女神》名噪诗坛),他早期诗歌的风格还是与新月派一脉相承,并受到新格律派影响较深,这与徐志摩、闻一多对他的提携有关,也与他阅读翻译了大量西方诗歌理论有关。

《寄诗魂》出版之后不到两年,曹葆华接连又出版了《灵焰》和《落日颂》两本诗集,《灵焰》只是《寄诗魂》的选本,《落日颂》才是他新创作的诗作。

《落日颂》初版于1932年11月,由新月书店出版,在我所藏之绝版诗集中,设计之独特也可算稀见。《落日颂》采用线装,宣纸印刷,毛边本,文字竖排,32开本,全书仅90页。封面用的一袭瓦青色,无任何其他的图案,只在左上方贴上白地黑字的行书,印着书名和著者,整个封面设计有仿线装古籍的意味,显得肃穆典雅。诗集的扉页印有竖写一行字:"给敬容——没有她这些诗是不会写成的。"

敬容是女诗人陈敬容,曹葆华1931年大学毕业后又继续在清华研究院学习,入研究院之前,曹葆华回到家乡乐山,在陈敬容就读的中学担任老师。15岁的陈敬容出色的诗文天赋吸引了曹葆华的注意。1932年曹葆华启程回清华时,陈敬容只带了几件简单的换洗衣服,便决绝地跟曹葆华一起登上了去北平的船。这一外界眼中看似忘年师生恋和抛家私奔的行为,在民风保守的乐山自然掀起轩然大波。最终陈敬容家里通知沿途的官员,在万县将两人截住,陈敬容被带回家中,禁足了大半年,曹葆华则被拘了几天后,被放了出来,继续回到北平。

《落日颂》出版之时,陈敬容正被禁足在家,回到北平的曹葆华没她的任何音信,但仍牵挂着她,也许是希望陈敬容能够读到这些诗,也许是对两人匆匆相识相知经历的纪念,诗人把诗集献给了她。这样看来,曹葆华将《寄诗魂》献给了他的伯乐知音,而将《落日颂》献给了陈敬容,无疑是视她为诗歌创作上的缪斯。曹葆华还将陈敬容一首课堂上的习作《幻灭》发表在《清华周刊》上,并在后记中记述两人如何相识,并一起赴北平未遂,陈敬容滞留川中,音信全无,无不透露出诗人的关切和思念。

1934年,曹葆华终于在同乡同学的协助下,找到了陈敬容,还说服她就读中学的校长,并寄上路费,半年后陈敬容与家庭断绝关系,只身来到北平,与曹葆华重聚。其时曹葆华正主编的《北平晨报·学园》附刊《诗与批评》,译介了众多西方诗歌创作理论,逐渐成为北方新诗理论和创作的重要阵地。他还翻译出版了梵乐希（瓦雷里）的《现代诗论》和瑞恰慈的《科学与诗》。除了创作办刊之外，曹葆华在文学圈也非常活跃，喜欢以文会友，与卞之琳、巴金、勒以都有交往。他常到北海三座门，这是靳以编《文学季刊》和《水星》的地方。友人回忆曹葆华便提到他总是抱着厚厚的一沓稿纸书报，进门第一句总问对方最近写了什么新文章，也乐于分享自己的新作。

作为陈敬容文学上的引路人，也是她当时在北平唯一的依靠，曹葆华带她在北大清华旁听文学课，帮助她发表诗作，进入北平顶级的文化圈。在当时北平浓厚的文化氛围中，陈敬容快速成长起来，她的诗作也蜕去了青涩，形成了独有的风格。之后，陈敬容成为"九叶诗派"的一员，也成为民国诗坛重要的女性诗人，她诗歌的艺术成就最终超过了带她走入诗之国的曹葆华。然而，若不是曹葆华当初的鼓舞，陈敬容很可能并不会走上文学之路，而是会与她那个时代的女子一样被家里安排一门门当户对的婚姻，过上相夫教子的平静生活，中国新诗史上就会少了一位独特的女诗人。

只是当初相知欣赏的两人，并没有成为一对美满的文学眷侣。也许是因为时局的变化，也许是彼此人生追求的不同，在抗战发生之初两人便分手，自此形同陌路，两人之后的诗文中也从未再涉及对方。所以如今再读到曹葆华《落日颂》中柔情爱意的诗句时，总会生出人生若只如初见的惆怅。

三

《落日颂》中的诗歌,一个直观的特点是,诗句刻意排列成每行相同的字数,这是当时新诗格律派最重要的特征。《落日颂》由新月书店出版,而新月派正是新诗格律化最主要的推动者,所以曹葆华这一阶段的诗作在结构音律上明显受其影响,集中的体现便是诗集中大量的"十四行诗"。

十四行诗,在民国又译为商籁体,是欧洲一种格律严谨的抒情诗体,最初流行于意大利,后来传到欧洲各国,莎士比亚、弥尔顿、华兹华斯、雪莱、济慈、普希金等都写过十四行诗,并将这一形式做了拓展和丰富,使十四行诗成为西方抒情诗的主流。新诗格律派认为十四行诗丰富而多变的格律,能够将白话诗自由体和音律性很好地调和,所以当时在白话诗人中有一股创作十四行诗的风潮,朱湘、闻一多、孙大雨、冯至、罗念生都写过不少十四行诗。《落日颂》中,十四行诗占了绝大多数,除少数几首严格遵循十四行诗典型的格律外,很多都在原有的基础上,结合汉语的特点做了韵脚上的变化,相较《寄诗魂》中的十四行诗,可以看出曹葆华不断在这方面进行实验和拓展。

另一方面,相较《寄诗魂》中充满自然朝气、洋溢着浪漫主义的风格,《落日颂》的风格趋向唯美而颓废,空灵而悲伤,能看到一点当时盛行的波德莱尔、庞德、艾略特的影子,还带有一点象征主义、神秘主义的意味。诗句中经常出现的意象,如坟墓、空山、黑鸦、黄昏、夕阳、灵魂、明月,无不染上了一层哀婉孤独感。这种风格的改变,可能由于《落日颂》的大部分诗,是曹葆华在一个与清华园截然不同的环境中写就的,故乡四川乐山阴霾的气候、人生角色的变换、带少女陈敬容出走被囚的事件,使他获得诸多人生的体验和感悟。《落日颂》中的诗作,从表现的主题来说,可以分为三大类:一类是写蜀中山川风景,寄托诗人个人情怀,如《山中小唱》、《黄昏》、《五桥泛舟》、《春天》、《沉思》、《江上》等;第二类是抒发人生体验和命运无常的喟叹,如《命运》、《我从前》、《黑暗》、《兆星》、《告诉你》等;第三类则是爱情诗,如《灯下》、《对月》、《相思》,尽管数量不多,但可以看出写得非常动情,诗中所表现的感情也十分复杂,有对往昔甜蜜的追忆,有绵绵的相思,有失落的彷徨。

《落日颂》出版后,各方对诗集褒贬不一,如朱自清在日记中有记载"下午读曹葆华《落日颂》,觉不似旧作之浮薄。虽无如《寄诗魂》之长篇巨制,其诗亦不尽谈爱情,只求灵魂自由纯洁,天真之保持,憎恶现实之虚伪,宁藏于死与黑暗之中,诗所用材料,不外天空与山林,殊有专一之嫌"。朱自清的品评是理解曹葆华诗所表达的思想境界,但也指出诗的意象过于单一,诗的技巧也还稚嫩。钱锺书对当时如火如荼的新诗运动多抱旁观态度,几乎未见他对任何新诗的评价,然而《落日颂》出版后,钱锺书特别地发表了一篇很长的评论。当时钱锺书尚在清华大学外文系就读,低曹葆华两届,相对于朱自清委婉的批评,钱锺书则毫不留情地批评了曹葆华诗中空有满腔的愤懑、哀叹、痛苦,充斥着一种"粗豪"的浪漫主义,然而缺乏对诗语言的精炼掌控,流于叫喊和空洞的抒情,他犀利地点评道:"这样的诗就像门牙镶了金,作者何尝不想点缀一些灿烂的字句,给他的诗添上些珠光宝气,可惜没有得当。"

曹葆华写诗不是落笔即成、一挥而就的类型,而是对每首诗都字斟句酌、反复推敲,在清华园中便是出名的苦吟诗人。也许因为过于认真谨慎的作诗风格,《落日颂》中的诗歌读起来总觉得有拘谨空泛之感,明显有模仿欧美浪漫主义、唯美主义风格的痕迹,有时也觉得作者为了符合格律和句式,无法真正流畅地表达感情,流于重复和单调的情感宣泄,无法激起读者的共情。

四

尽管如今看来《落日颂》是曹葆华新诗创作生涯中,并不成功的尝试,但不可否认的是,曹葆华通过这些诗歌,正探索形成他独有的风格。1937年,曹葆华出版他的第四部诗集《无题草》,由文化生活出版社出版,为巴金主持的文学丛刊的一种。

曹葆华与巴金在学生时代便已熟识,曹葆华编《清华周刊》《诗与批评》,那时巴金和靳以编《文学季刊》、《水星》,相互间就诗文往还频繁。《无题草》中的不少诗作，便是率先在《文学季刊》《水星》上发表的。曹葆华与巴金两人的友谊，保持了半个多世纪，尽管之后曹葆华埋头译著，甚少写诗做文，但彼此还是时常惦念。曹葆华给巴金的信中写道："你又去朝鲜了，三个月前，收读了你写的报告集，甚为兴奋。"巴金也在悼念曹葆华的文章中说，曹葆华"怀着极其热烈、极其深厚的对社会主义祖国的热爱，他愿意多做工作，他愿意贡献自己的一切，他要活下去，他愿意长久地活下去"。

巴金在京出席第五届全国人民代表大会第一次会议期间，还特地抽时间到曹葆华家中看望了他。这次相见，是他俩最后的一面。曹葆华给巴金留下的最终印象，是"孤零零一位老人拄着手杖在小胡同里歪歪斜斜地走着，仿佛随时都会让寒风吹倒似的"。巴金在曹葆华逝世后，第一个发表了回忆的文字，他写道："他有一首诗讲他自己：一颗红心走西北，出没烽火四十年……他活在他的诗篇上，也活在他的译著里，更活在朋友们的心上。"

《无题草》的书封延续了巴金文学丛刊一贯的极简设计风格，素白封面，左上方用深蓝色印上书名，黑色小字体印上作者以及丛书名和出版社。《无题草》列入巴金主编的"文学丛刊"第五集中，这一集共十六种，有萧乾的长篇小说《梦之谷》、沙汀的短篇小说集《苦难》、萧红的短篇小说集《牛车上》、萧军的散文集《十月十五日》、曹禺的剧本《原野》等，诗集唯有曹葆华的《无题草》一种。诗集于1937年5月出版，三个月后便再版，可见读者对这一诗集的喜爱。

《无题草》中的诗作,在杂志上发表时,都没有具体的诗题,所以在结集成书时,曹葆华思考诗集名字,忽然灵光一现,索性就叫作"无题草"。无题诗也源自中国古诗的传统,李商隐便以无题诗著称。诗集中收录诗作45首,分五辑,因原诗没有题目,在目录中便仅以诗作的第一句的首二字为题,而正文中则简单地以"一"、"二"、"三"等数字标记,仍保持无题的特点。

相较《落日颂》中句型齐整、格律严谨的十四行诗,曹葆华在《无题草》中的诗作突破了形式的限制,体例更为自由,风格上也少了《落日颂》中空泛地感情抒唱,意象也更丰富新颖了,诗人避免了直白生硬的情感宣泄,浪漫主义的色彩淡了,象征主义的倾向明显了。也许因为诗人年岁渐长,清华研究院毕业的曹葆华已步入三十而立的年纪,青年时代写诗时那种为赋新辞强说愁的气质,变为历尽千帆、只道天凉好个秋的淡然了。

同一时期的诗集中,卞之琳的《鱼目集》,也由文化生活出版社于1935年出版,同样具有明显的象征主义的风格,读来与曹葆华的《无题草》有类似的感觉。只是卞之琳的象征主义来源于西方哲学,而曹葆华的意象则更接近东方意境和神秘主义。卞之琳较曹葆华更早在新诗写作中运用象征主义。曹葆华与汉园三杰的三位诗人都交往颇多,特别是何其芳,两人是四川乐山的老乡,何其芳在被清华大学开除学籍后,还是在曹葆华的奔走帮助下,重新到北京大学念书的。

1933年12月5日,朱湘在从上海到南京的客轮上,一边饮酒,一边作诗。当轮船即将驶入南京时,他纵身一跃,跳进了江中,自杀身亡,年仅29岁。朱湘是曹葆华的知音,也对他创作诗歌鼓励良多。所以当得知朱湘身亡的消息后,曹葆华深受打击,悲痛之余,为了悼念朱湘,他写了一首短诗,并在诗前小记中写道:"朋友朱湘,生不容于俗,死亦少人称述。作此诗记之。"这首诗正是《无题草》中的第一首诗。

> 听说你走了
> 披着一件破布衫
> 当十月冷风
> 刮起了黄土
> 刮起了山头的白雪
>
> 听说你走了
> 踏着自己的影子
> 老鸦未叫唤
> 道旁的古柳
> 也不曾在风中招手
>
> 听说你走了
> 向着漆黑的夜里
> 大地沉默着
> 悠悠的白云
> 飘散在遥远的天边

全诗分三节,每节以"听说你走了"起首,每一节的句型和字数均一致,三段式的循环往复,形成一种吟咏的感觉,也使一种沉郁的悲伤情绪越来越浓。同时,诗人选取了诸如"冷风"、"黄土"、"老鸦"、"古柳"铺陈营造出凄冷的氛围。全诗纯以景物意象构成,每一节仿佛一帧镜头,景物无言,却无端染上一层朦胧的哀伤之雾,寄托了诗人在痛失诗友后心中无言的落寞伤怀。

曹葆华在《落日颂》中多表现的是小我与现实世界以及命运冲突的痛苦,到了《无题草》明显可以感受到诗人在诗句中,把小我的矛盾痛苦藏了起来,而更多地关注社会的矛盾。如诗人面对当时中国处在帝国主义列强环伺之下,孱弱屈辱的现状,写下了泣血刻骨的诗句:"挥起破蒲扇,遮不住/太阳的红血向头上流/一只黑鹰从天上飞过/像卷不住古国的忧愤/石狮子张着口没有泪。"

可以看出诗人以红血太阳、遮天黑鹰喻帝国主义侵略者,以石狮子象征中国,破蒲扇则象征凋敝的旧制度。

钱锺书虽在对《落日颂》的点评中,批评曹葆华意象选取的单调,但也指出了诗人有神秘主义的特点,令人印象深刻。这一特质在《无题草》中被延续而进一步放大了,有评论家便认为民国新诗中最难解的是曹葆华和废名。如这首《只想》:"只想在地上画一个圈子/放下这不满三十的木乃伊/物质消减,哪还有灵魂/对着空漠的长天嗟命舛//走遍世界,没有逆旅/出赁两千年前的蚨蝶梦/拾起影子藏入葫芦/天上日月已非我有了//不跪蒲团,怎能上天堂/武士跨着马早从身边走过/万里外忽有火车奔来／听有人在敲最后的门。"

诗人开篇便用木乃伊自喻,叹人生命运的多舛,尚属直抒胸臆,但后两节则用了一系列天马行空的意象,带着读者驰骋在东西方文化的符号之中,庄周梦蝶、武士出征、佛教和基督教、工业文明与东方禅意,纷纷而至,应接不暇。然而要猜透诗人想要表达的思想,却是玄而又玄,每个意象符号都充满隐喻,曹葆华刻意将自我的感情收敛遮蔽起来,只留下幽玄的意境,所以一千个人读了,可有一千种理解。

五

《无题草》是曹葆华出版问世的最后一本诗集,诗集出版后不久,"七七事变"发生,中日战争全面爆发,北平时局恶化,曹葆华便回到四川成都,在石室中学任教。当时的卞之琳和何其芳也在成都,同样在中学任教,两人也都关注时局,写了不少宣传抗日、救亡图存的文章。1939年,曹葆华辗转经过山西,来到延安,执教鲁迅艺术学院,这成为他一生的转折点,开始了一段完全不同的人生旅程。促使曹葆华离开家乡,千里迢迢奔赴延安的缘由,可能是与他交谊颇深的卞之琳、何其芳都早一年去往延安。也许还因为这一年的春天,他与陈敬容分手,之后陈敬容嫁给了诗人沙蕾,在荒凉的兰州过着并不幸福的婚姻生活。两人分开的原因,双方对此都保持沉默。陈敬容与曹葆华自北平开始一直相依相伴，甚至曹葆华任教中学的学生都误以为两人已成婚。这段多年的感情的终结，对曹葆华来说应是很大的冲击，他于是下决心离开成都，去往一个完全陌生的地方，与过去的生活告别。

临走前，曹葆华写下了《抒情十章——写在走向西北之前》：

> 我将如远道收殓者，/盛以过去的棺椁，/埋在遗忘的尘土里。//

> 历史前站吹起汽笛，/旅行人不能踟蹰了，/提起行囊，提起梦。

诗句中又透露出诗人年轻时，写下《寄诗魂》时的生气勃发、少年意气，也看出曹葆华决意埋葬过去，渴望新生。曹葆华跟随同赴延安的共产党负责人，于1939年12月从成都出发，行了三千里路，途中还遇到种种事变，终于在57天后到达延安。行进途中，曹葆华也不忘用诗的形式记录沿途景象和心情感受，他写下的组诗《西北道上》最为著名。到达延安初期，曹葆华仍葆有诗人的热情和纯真，写了一系列反映延安生产生活的诗篇，充满鲜活的气息和一种雄浑生命力，与他在《无题草》中呈现的无望和孤绝形成极大反差，曹葆华将这些诗作与行进途中的组诗编成《生产之歌》。只是1942年后，曹葆华放下了写诗的笔，之后便再也没有写过诗，甚至没有再写过一篇文章。曹葆华早年是学习英国文学的，来到延安后，他开始学习俄语，并将之前翻译诗歌理论的经验，用于翻译马列主义理论名著。据不完全统计，曹葆华生前翻译出版的著作达百部以上。在生命的最后一刻，他仍心系尚未出版的《普列汉诺夫美学论文集》。

诗人曹葆华消失了，以后的数十年中，翻译家的身份，使他得以沉浸在理论译著中，求得内心的平静。清华老校友李长之，在曹葆华诗人生涯之初，便对他的性格有这样的评价："葆华的为人，我是晓得的。就当得起'忠'、'实'二字。他像一块屹然的没有空隙的大石。你一见他，就有种诚实无伪的印象。他作诗，更是再认真没有了，他不但不会儿戏地执过笔，以后他也永不，而且决不儿戏地写半个字。现在他以诗为生命，活着就为诗。"

曹葆华最后的诗集《生产之歌》，被抄写在延安的油光纸上，隔了40多年才在茅盾家中被发现，又过了30年终在诗人的纪念文集中问世。曹葆华是民国文坛极少数，只有诗作和译著的文学家，他一生经历波折坎坷，见证了新文学运动和民主革命，然而他却没有写下任何回忆的文字，只留下一份无言的缄默，不能不说是一种遗憾。重读曹葆华的诗，我们可以感受到他的真诚，感受到他孤独而丰厚的精神世界，体会到他不断在诗的王国锤炼的心境，也扼腕于时代的洪流让诗人在诗艺渐臻佳境之时，戛然而止的无奈。锦瑟无端五十弦，一弦一柱思华年，风流云散，俱在诗中。

妙诗赏读

她这一点头

她这一点头,
是一杯蔷薇酒;
倾进了我的咽喉,
散一阵凉风的清幽;
我细玩滋味,意态悠悠,
像湖上青鱼在雨后浮游。

她这一点头,
是一只象牙舟;
载去了我的烦愁,
转运来茉莉的芳秀;
我伫立台阶,情波荡流,
刹那间瞧见美丽的宇宙。

像一只黄橘

像一只黄橘
霉烂在墙脚下
这小小的心

被时光剥蚀太多了
春风吹不返
往日颜色
能不当天怅望么

只让犹豫
拉着羞怯的脚步
那一天
有人伸手拾走
噙着清泪
也寻不出影子了

你将觉得
生命有什么缺少
当十月深夜
从冷梦中醒来
谁又坐在床前
为你述说
另一世界的故事

灯下

今晚我同她在灯下对坐，
窗外的落叶扬起了高歌；

迷惘紧捉着寂寞的灵魂，
我不知向着她应说什么。

我只想化变作一只天鹅，
飞入她眼里明媚的光波；
或者是变成采蜜的蜂儿，
吻取她脸上鲜艳的花朵。

我又想拜跪在她的脚下，
呈出我梦中熳烂的锦画；
使沉默的四壁笑出声音，
满地都浮起缤纷的鲜花。

可是落叶已停止了高歌，
我们还悄然在灯下对坐；
我不敢泄露灵魂的秘密，
只默默怨恨自己的笨拙。

曹葆华（1906—1978），四川乐山人。清华大学外国文学系毕业。30年代初开始发表作品。曾出版《寄诗魂》、《落日颂》等诗集，翻译了梵乐希的《现代诗论》、瑞恰慈的《科学与诗》等。1953年加入中国作家协会。译有专著《马恩列斯论文艺》、《苏联的文学》、《苏联文学问题》、《列宁》、《斯大林论文化》、《历史唯物主义与辩证唯物主义》、《自然辩证法》、《列宁与文艺问题》、《文学论文选》、《论艺术》、《莎士比亚论》等。1962年任中国科学院外国文学研究所研究员。1978年9月翻译《普列汉诺夫文学艺术论文集〈哲学选集〉》第五卷时逝世。

1925年志成印书馆印、朴社初版《忆》

忆罢，忆罢……
——俞平伯的儿童诗集《忆》

一

以前我曾写过《俞平伯的〈西还〉》，刊于《博览群书》（2009年第8期），然而他的另一本诗集——《忆》，也颇值与读者一谈。

《忆》，是俞平伯继《冬夜》、《西还》后的第三本诗集，我藏有《西还》和《忆》，然而诗集《忆》，令我更欢喜，因经历了五四新文化后出版的新诗集中，《忆》尚属少见的线装本的诗集，具有中国传统古籍装帧的味道，显出作为一个现代诗歌集子的珍贵。我国在器具、书画、古籍版本上有古董，而作为现代诗集，就很少见到了。俞平伯的这本别具一格的诗集，也可算是一本现代诗集的古董。有人说它是"现代宋版"书，亦有一定的道理。

俞平伯（1900—1990），浙江湖州德清东郊南埭村（今乾元镇金火村）人，是清代著名学者俞樾（曲园）的曾孙。他也是我的乡前辈。而此书已近百年，至今由我保存的这本诗集，品相还很好，我把它藏于我的珍稀书的书箧中，小心到了几乎不敢翻它。而我常拿出来翻阅的，是近年由富阳华宝斋重印的那个本子。

《忆》中的文字，均由俞平伯以小楷手写，印在考究的白绵纸上，与《西还》一样，也是丝线装订，可窥俞平伯在书装上的精心和考究。此诗集由孙福熙作封面，孙曾经为鲁迅的书作装帧，设计过《野草》、《小约翰》等书。

人们常说《冬夜》影响最大，继胡适的《尝试集》，郭沫若的《女神》之后，这是中国出版的第三个人新诗集。而《忆》这部已被人忽视的诗集，若从现代文学史角度视之，该是儿童文学创作上的重要收获。俞平伯的诗集《忆》与叶圣陶的童话集《稻草人》、冰心的书信散文集《寄小读者》，地位应属相当。

我收藏的《忆》，是小型的64开本的书（长16.5厘米，宽11.3厘米）。书中除作者自序，还有莹环的题词。诗集前印有"呈吾姐"和龚定庵诗句："瓶花妥帖炉香定，觅我童心廿六年。"

翻阅这本图文并茂、装帧精致的诗集，诗只收36首，是俞平伯自己童年生活的趣事，是可让天下儿童读的诗。当然，也可让每个成年人读，能让你有一种"念儿时一切往事知多少？"的遥想和别一番的感受。当然，每个读者随着年龄的不同，个人性格之差异，读这些诗的体悟，可大不相同。

俞平伯这部诗集中还有丰子恺特为这些诗歌配的18

幅彩色或黑白插图。丰子恺的插图今日已成艺术之珍宝，可堪称诗、书、画三绝。（当然，丰之插图，尤其在民国诗集中亦存不少。我曾为丰一吟在我收藏的民国诗集中找出许多，并扫描给她。桐乡吴浩然先生也收到此类插图。）正如朱自清在《跋》中所写："若根据平伯的话推演起来，子恺可说是厚其所薄了。影子上着了颜色，确乎格外分明：我们不但能用我们的心眼看见平伯的梦，更能用我们的肉眼看见那些梦；于是更摇动了平伯以外的我们的风魔了的眷念了。而梦的颜色加添了梦的滋味，便是平伯自己，因这一画啊！"

朱自清的这番话，很形象地道出了丰子恺的画确为俞平伯的诗增添了梦境般的韵味及温暖的张力。

俞平伯于"五四"时期，就读于北京大学，与罗家伦、康白情等十多人，成为"新潮社"的重要人物。该刊当年曾得北大的有力资助，与《新青年》同是进步刊物。1919年他大学毕业，到杭州、上海、北京等地从事教育工作。20年代初期，他主攻古典文学研究，重点研究《红楼梦》。1923年4月，亚东图书馆出版了他的《红楼梦辨》，新中国成立之初改名为《红楼梦研究》再版印行。而"五四"后的现代诗名，却被人们逐渐淡忘。

我想，读了近百年前俞平伯纯真的儿童诗，以及书中18幅插图，在如今社会现实生活中，体会这些诗的韵味与那不一般的童趣，不知今日我们的儿童或成人读者，将会有何感想呢？

俞平伯曾说，他作诗怀抱两个信念：一个是自由，一个是真实。也许比金子更珍贵的那两件东西,自由与真实,确成了诗人们需要的东西。人的个体的生命里需要诗,而人类在延续生活的美好时,更需要诗。我想。

从俞平伯《忆》中的一首首诗来看20世纪初中国的新诗的发展,那时已历经了新文化运动,现代诗歌正处于蓬勃的发展期。若以朱自清、叶圣陶两先生之评价,中国的新诗大致在"五四"以来,可概括为两个源头:首先是外国诗,其次才是属于我们自己固有的传统诗歌。当时一些写新诗的作家,大都懂外文,而且能读原作。如当年冰心的短章小诗,大都是从印度诗人泰戈尔那儿"引进",郭沫若的《凤凰涅槃》显然是受了歌德《浮士德》的影响。而周作人的作品不多,除了有点屠格涅夫散文诗的影子外,更多的是日本诗的变体。而后来的诗人,如徐志摩、李金发、戴望舒等,直到30年代著名的"汉园三诗人"(卞之琳、李广田、何其芳)和冯至等也无不受外国诗歌的影响。由于这些诗人模仿的是外国诗,而写出的却是现代汉语语言的"大白话",因而使新文学的读者,有耳目一新的感觉。

而俞平伯的《忆》是继承了中国江南地区民谣和山歌的传统。这样一种风格,一直延续到俞平伯晚年的旧体诗中。直至晚年,他下放河南息县劳动时,所写的那些即兴之作,完全可以说明这一点。曾经认俞为师的吴小如先生,对俞平伯诗文也有此评说。

俞平伯的诗集《忆》中的诗均无标题,只有从"第一"至"第三十六"。而"第三十六"首,则是作为《忆》的跋尾，放在最后。另有"忆之附录"，是十首旧体诗。《忆》的最后，有朱自清的《跋》。朱曾说："飞去的梦因为飞去的缘故，一例是甜蜜蜜，但又酸溜溜的。"自序前，有俞平伯为《忆》写下的短文：

> 写定此目录既竟，谨致谢意于朋友们——作画的丰子恺君，作封面画的孙春台君（孙福熙），作跋词的朱佩弦君（朱自清）——他们都爱这小顽意儿，给它糖吃，新衣服穿。彳亍于忆之路上的我，不敢轻易地把他们撇掉的。（十四年国庆日记）

《忆》中的36首诗，短诗居多，长的二三十行，短的只有两行，如"第十五"："小小一个桃核儿／不多时，摇摇摆摆红过了墙头。"这无疑是用诗描绘了俞平伯祖居德清乾元镇一带的民俗风味。

而20年代初，是俞平伯写诗的高潮期。可以说，他是我国早期为数不多的新诗开创者之一，对于俞平伯的现代诗歌，朱自清早就曾经如此评说：

> 平伯底诗，有这三种特色：一、精炼的词句和音律；二、多方面的风格；三、迫切的个人的情感。

的确，俞平伯一贯主张写诗要通俗化、平民化、社会化。反对无病呻吟或无聊的酬世之作。

我因执编《问红》杂志，每期总要选一篇俞平伯写《红楼梦》的文章,而读他红学的文章多了,总感到他的评红之文,也一如他作诗,简练,通俗,娓娓道来,从不绕来绕去,也不说空洞的大道理,这是俞平伯与其他人写红学文章的不同之处。这都是他一以贯之的文风,难能可贵!

叶圣陶尤其推崇俞平伯的诗,简练、整齐的格调,轻缓、舒展的音律。对此,闻一多也说:"我最深刻的印象是他的音节。关于这点,当代诸作家,没有能同俞君比的,这也是俞君对新诗的一个贡献。"

注重诗的音韵美,确是俞平伯创作新诗的一大特色。如巧妙运用对偶句式来增强音律感:"蜂蝶们倦了,不在花间;孩子们倦了,不在花前。"(第十四)

俞平伯对写现代诗的原则一直认为:"白话诗的难处,不在白话上面,是在诗上面。"因此,他特别注意诗歌语言的诗味。如:"枕儿软了,席儿凉了/夏夜一趑便去了。"(第二十五)

俞平伯更注重现代诗歌意境的营造,如:"离家的燕子,/在初夏一个薄晚上,/随轻寒的风色,/懒懒的飞向北方海滨来了,//双双尾底翩跹,/渐渐褪去了江南绿,/老向风尘间,/这样的,剪啊,剪啊……"(第十七)

俞平伯的诗的创意正在于他一贯坚持对自己心灵中的"自由"和"真实"的长期追求,这也便是他的"诗的真实世界"的表达!

另外,我们从俞平伯《忆》中的36首小诗内容视之,这是他对儿时童年生活的回忆,所以充溢着诗的童稚之气。

忆罢，忆罢……

俞平伯创作诗集《忆》的时间，分别为：第1—20首，"一九二二年六月前在杭州作"；第21—27首，"一九二二年九月八日夜作于美国波定谟"；第28—29首注明创作时间为"一九二二年九月三十日"；第30首创作时间为"一九二二年十月九日夜"；第31—32首，标注为"一九二二年十月二十一日，以上作于美国纽约城"；第33首，"一九二三年五月二十五日作"；第34—36首，"一九二三年五月三十一中夜作"。

"五四"时期，是俞平伯诗歌创作的高峰期，他的第一本诗集《冬夜》，于1922年3月由亚东图书馆出版。出版《冬夜》的同年六月，俞平伯又出版了一本诗歌合集《雪朝》。1924年4月，《西还》出版，收录了俞平伯在国外写的新诗，之后，又有《忆》的问世。此诗集俞平伯于1920年便开始创作，直至1924年写毕，最后由北京朴社在1925年出版问世。

除了写诗，俞平伯对诗歌的理论也倾注了热情。他相继发表一系列有关诗论的文章，比较有代表性的包括，《白话诗的三大条件》《社会上对于新诗的各种心理观》《诗的自由和普遍》《作诗的一点经验》《诗底进化的还原论》《诗的新律》等，均颇有见地，自成一家。

《忆》出版后，俞平伯客观上转入了古体诗的写作，但他还时常会写些新诗，如从《俞平伯全集》看，有些零星给朋友的新诗，还有佚失。韦奈先生曾说：舅舅"生性豁达，随遇而安，写了些小诗，真的是返璞归真，感情那么纯洁啊"。

二

俞平伯是白话新诗的倡导者和实践者,我们今日所能找到的他的第一首现代诗,是发表于1918年5月《新青年》第4卷第5期上的《春水》:

> 五九与六九,抬头见杨柳。/风吹冰消散,河水绿如酒。/双鹅拍拍水中游;众人缓缓桥上走,/都说"春来了,真是好气候。"(一)
>
> 过桥听儿啼,牙牙复牙牙。/妇坐桥边儿在抱,向人讨钱叫"阿爷!"(二)
>
> 说道"住京西,家中有田地。/去年决了滹沱口,丈夫两男相继死;/弄得家破人又离,剩下半岁小孩儿"。(三)
>
> 催车快些走,不忍再多听。/日光照河水,清且明!(四)

这是俞平伯发表的第一首诗(离今天已一百多年了)。你可叫他顺口溜,也可说是散文诗,也可叫初期的白话诗。但这诗就是朴实、真情、自然,且有生活的情趣。不像现在的诗,你看不懂他,形容词、比喻、套话,一大堆你读了后不知所云,比读孔老夫子的《论语》还难。

1918年12月15日,俞平伯的第二首新诗《冬夜之公园》问世:

哑！哑！哑！/队队的归鸦，相和相答，/淡茫茫的冷月，/衬着那翠叠叠的浓林，/越显得枝柯老态如画。

两行柏树，夹着蜿蜒石路，/竟不见半个人影。/抬头看月色，/似烟似雾朦胧的罩着，/远近几星灯火，/忽黄忽白不定的闪烁——/格外觉得清冷。

鸦都睡了；满园悄悄无声。/惟有一个，突地里惊醒，/这枝飞到那枝，/不知为甚的叫得这般凄紧？/听它仿佛说道，/"归呀！归呀！"

俞平伯这些短诗，这些既有童趣又有人生哲思的诗，都是自由地从他心灵间流出。字数不等，小中见大，给读者留下的解读空间很大。如国画之留白，得由你自己去想象。好比聂鲁达的《火车头》、博尔赫斯的《达卡》，都是短章，但意象深深，诗的弹性和张力的空间，可随读者自己去添上思想的翅膀，遥遥驰骛。

我们不妨再读读他《忆》中的诗：

有了两个橘子/一个是我底/一个是我姊姊底/把有麻子的给了我/把光脸的她自己有了/"弟弟，你底好/绣花的呢。"/真不错/好橘子，我吃了你罢/真正是个好橘子啊！

隔壁屋有嘈杂的哭声/我也蹬着脚去号啕了/虽是回想上的悲哀/终亦是人间的悲哀哟！

爸爸有个顶大的斗篷/天冷了,它张着大口欢迎我们进去/谁都不知道我们在哪里/他们永找不着这样一个好地方/斗篷裹得漆黑的/又在爸爸底腋窝下/我们格格的笑/爸爸真个好/怎么会有了这个又暖又大的斗篷呢?

亮汪汪的两根灯草的油盏/摊开一本《礼记》/且当它山歌般的唱/乍听间壁又是说又是笑的/她来了吧/《礼记》中尽是些她了/娘!我书已读熟了。

俞平伯的新体诗,清新婉曲、洒脱自然,旨趣孤寂玄远,诗味醇厚,在当年新诗阵营里自成一格。而在他的《忆》中便开宗明义地说了诗人那特有的诗心——诚如俞平老在诗集的自序中所说:

忆中所有的只是薄薄的影罢哩。虽然,即使是薄影罢——只要它们在刹那的情怀里,如涛底怒,如火底焚煎,历历而可画;我不禁摇撼这风魔了似的眷念。……凭着忆罢,凭着忆罢,来慰这永永旁皇于"第三世界"的我。真可咒诅的一切啊,你们使我再不忍咒诅这没奈何中底可奈何!(1922年3月27日于杭州城头巷寓)

俞平伯对新诗的贡献,当然不单在创作,他的新诗理论,不仅在当年筚路蓝缕,即使今日看来,仍是一份珍贵的历史文献。《做诗的一点经验》谈道:"做诗的动机大都是一种情感或是一种情绪。"而在他的《诗底进化的还原论》中又说:"好的诗底效用,是能深刻地感动多数人向善的","艺术本来是平民的。"而在《五四忆往——谈诗杂志》中,也引用他早年的诗学观点:"将来,专家的诗人必渐渐地少了,且渐渐不为社会所推崇;民间底非专业的诗人,必应着需要而兴起。"这些论点,不单是经验之谈,而更近于经典之谈。

但也有人评论说:"俞平伯诗集《忆》中的生活所展示的,不仅仅是童心世界的单纯与美好,也有成人世界的某种折射,是儿童经验和成人经验混杂的集合体。因此,作为抒情的《忆》最终只能彰显作者的'抒情性',而相对忽视儿童性的存在,正是这种情况导致了《忆》的影响较弱。"

但我倒不认同这一看法,且不说这段文字本身于表述上之矛盾,我认为任何诗,只是多方面表现了一个心灵世界的综合体,"抒情性"是诗人心灵再现的一种手法,"儿童性"也只是代表一个名称而已。读者无论是儿童还是成人,无论何种民族,人类的天性是一样的。我认为要看读者如何去读诗,带着何种心灵去感受诗,以及每个人产生的不同体悟。其实,作为读者,他是带着自己内心早已存在的激情和温度去读诗的;如此,好的诗哪怕是一个老人也会喜读的。所以从这个意义出发,俞平伯的这部《忆》的诗集,在人世间影响不会弱,随着人们对生活的兴趣逐渐多元化,读者反而会增多。这犹如现在人们总喜到野外采摘一枝绿叶、小花,放在桌上或找一个小瓶插在水中。

我说翻读俞平伯这部《忆》中的那些长长短短的诗，就如现代人于忙碌、浮躁的生活中，需要绿叶和彩色的小花一样！

这也如朱自清说的"像春日的轻风在绿树间微语一般，低低地，密密地将他的可忆而不可捉的'儿时'诉给你。他虽不能长住在那'儿时'里，但若能多招呼几个伴侣去徘徊几番，也可略减他的空虚之感，那惆怅的味儿……"

朱自清对《忆》的评价是深邃的，时至一百年已将悄然过去的今日，在这多元、复杂、多变的世道人心中，俞平伯《忆》里的诗心，还让我们读来有味，且在浮躁的年代里，我们的心灵里，多么地渴望这纯真。

妙诗赏读

红绿色的蜡泪,
我们俩珍藏着,
说是龙王爷宫里底珠子。

后来,封藏的蜡泪,
融成水晶样了,
人们叫他们做"泪珠",
常常在衣襟上滴搭着。

到我们的衣亦沾有泪痕的时节,
方才有些悔了,——
可惜的只是晚啊。
(第3首)

有一天,黄昏时,
流苏帽的她来我家。

又有一天的黄昏时候,
她却带来新嫁娘的面纱来了。

是她吗?是的。——
只是我怎不相信呢?

红烛下靓妆的她明明和我傍着,
这更使我时时忆那带流苏帽儿的。
她亦该忆着吧,——
或者妒而惆怅吧。
我总时时被驱迫着去追忆那带流苏帽儿的。
(第10首)

庭前,比我高不多的樱桃树,
黄时,鸟声啾喳着;
红时,只剩了些大半颗,小半颗了。
我们惜樱桃底残,
又妒小鸟们底来食,
所以,把大半颗,小半颗的红樱珠,
抢着咽了。
(第18首)

红蜡烛的光一跳一跳的。
烛台上,今夜有剪好的大红纸,
碧绿的柏枝,还缀着鹅黄的子。

红蜡烛的光一跳一跳的。
照在挂布帐的床上,
照在里床的小枕头上,
照在小枕头边一双小红橘子上。
(第28首)

上灯节底大晚上
提着的有,
挂着的有,
擎着的有,
自己跑着的有;
在院子里,
在堂屋里,
在廊上,在我房里。

红的金鱼,
碧绿的虾蟆,
黄的螳螂,
白白的兔子……
你数忘了一个,
白的绣球儿。
是的!白白的兔子和绣球儿。
绣球儿倒也是个白的。
……
(第32首节选)

小燕子其实也无所爱,
只是沉浸在这朦胧而飘忽的夏夜梦里罢了。
(第36首《忆》的跋尾节选)

俞平伯（1900年1月8日—1990年10月15日），名铭衡，字平伯，以字行。浙江湖州德清东郊南埭村（今乾元镇金火村）人，出生于江苏苏州。清代朴学大师俞樾曾孙。新文学运动初期的诗人，中国白话诗创作的先驱者之一。散文家、红学家，与胡适并称"新红学派"的创始人。

曾参加新潮社、文学研究会、语丝社，与朱自清等人创办《诗》月刊。五四新文化运动时俞平伯积极响应。精研中国古典文学，执教于著名学府。

著述有《红楼梦辨》(《红楼梦研究》)、《冬夜》、《古槐书屋词》、《古槐梦遇》、《读词偶得》、《清词释》、《西还》、《忆》、《雪朝》、《燕知草》、《杂拌儿》、《杂拌儿之二》、《燕郊集》、《唐宋词选释》。

忆罢，忆罢……

俞平伯与叶圣陶（左）

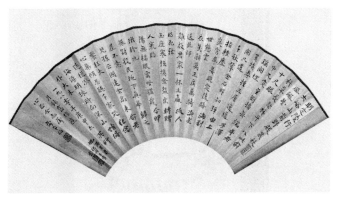

俞平伯手迹（下面红字是冯其庸手迹），现存放于俞平伯纪念馆

当年俞平伯《忆》的销售印章

丰子恺为《忆》所作插画

图书在版编目(CIP)数据

绝版诗话三集/张建智,张欣著.—上海:复旦大学出版社,2021.12
ISBN 978-7-309-15932-5

Ⅰ.①绝… Ⅱ.①张…②张… Ⅲ.①诗话-中国-当代 Ⅳ.①I207.22

中国版本图书馆 CIP 数据核字(2021)第 184546 号

绝版诗话三集
张建智　张　欣　著
责任编辑/胡欣轩

复旦大学出版社有限公司出版发行
上海市国权路 579 号　邮编:200433
网址:fupnet@fudanpress.com　http://www.fudanpress.com
门市零售:86-21-65102580　团体订购:86-21-65104505
出版部电话:86-21-65642845
江阴市机关印刷服务有限公司

开本 787×1092　1/32　印张 8.5　字数 167 千
2021 年 12 月第 1 版第 1 次印刷

ISBN 978-7-309-15932-5/I·1293
定价:50.00 元

如有印装质量问题,请向复旦大学出版社有限公司出版部调换。
版权所有　　侵权必究